문화시리즈 ❷

반도 설화집

오작교 유래

문화시리즈 **2**

반도 설화집

오작교 유래

정호원 편

한국학술정보[주]

|차례|

까마귀고기

    옛날 한 사람이 주막집을 차렸다. 그런데 이상하게도 다른 주막들에서는 돈벌이는 잘되지 않아도 손님들이 전대거나 여러 가지 물건들을 두고 가는 폐단이 많지만 이 집은 웬일인지 돈벌이는 잘되나 손님들이 동전 한 닢 잊고 가는 사람이 없었다. 이리하여 돈벌이라 하면 오리를 보고 십리를 두고 이 주막집 주인은 어떻게 하면 손님이 물건을 두고 가게 하겠는가를 궁리했다. 궁리하고 궁리하다가 마을에 나가서 여러 사람들에게 사람이 무엇을 먹으면 잊음이 헤픈가 하고 물으니 이구동성으로 까마귀고기를 먹으면 잊음이 헤프다고 했다.

    집에 돌아온 주막집 주인은 크게 깨닫고 무릎을 탁 쳤다.

    "오, 비결이 여기 있었구나! 나도 그런 말은 일찍 들었는데 너무 고지식하였거든. 이제라도 늦지 않으니 단단히 봉창해야지."

이날 저녁 이 주막집 주인은 숱한 푼돈을 팔아서 까마귀를 사들여 그 고기를 손님들에게 먹이고 흐뭇해하였다.

"내일 아침에야 갈 데 없겠지!"

주막집 주인은 뜬눈으로 밤을 새우며 손님들이 어서 밤을 자고 떠나기를 기다렸다.

이튿날 아침 손님이 떠나자 주막집 주인은 두 눈을 굴리며 전대나 귀중한 물품, 옷가지 같은 것들이 없나 하여 칸칸이 돌아다녔다. 그런데 어느 방이나 샅샅이 뒤지며 삿자리 밑까지 다 살폈으나 먼지와 담배꽁초, 과일껍질과 파지들뿐 동전 한 닢도 없었다.

주막집 주인은 사맥이 나른해서 머리를 절레절레 흔들며 한탄했다.

"에구머니 이것도 팔자겠구나! 까마귀고기를 먹어도 물건을 잃지 않으니……."

이러던 주막집 주인은 문득 생각나서 손님이 하나도 없는 것을 보고 부르짖었다.

"에크, 이걸 어쩌나? 까마귀고기를 먹였더니 그놈들이 숙박비 내는 것을 몽땅 잊고 달아나 버렸구나!"

주막집 주인은 애가 타서 발을 동동 굴렀으나 때는 이미 늦었던 것이다.

잉어 이야기

옛날 어느 곳에 한 사람의 가난한 어부가 있었다. 어느 날, 그는 커다란 잉어(鯉魚)를 한 마리 낚았다. 그는 그것을 차마 잡아먹지 못하고 독 안에 넣어서 길렀다. 저녁에 집에 돌아와 보니 맛나 보이는 밥 한 그릇이 상 위에 차려져 있었다. 웬 밥인가 의심하면서도 그것을 먹고자 하였다. 그런데 맛난 밥을 대하니 갑자기 회가 먹고 싶었다. 그래서 독 안에 있는 잉어를 들여다보았다. 그러나 차마 잡아먹을 수는 없었다.

이튿날 아침에 일찍 일어나서 부엌을 가만히 들여다보니 독 안에 있었던 잉어가 예쁜 소녀로 변하여 부엌에 와서 밥을 짓고 있었다.

그는 급히 쫓아 들어가서 소녀의 손목을 잡았다.

"나는 물속 용왕의 딸이러니 당신과 인연이 있어 이렇게 오게 되었으나 지금부터 3일간만 기다려 주면 완전히 사람이 될 수 있습니다. 사흘 동안만 기다려 주시오." 하고 계집은 애원하였다. 미상불 3일 만에 잉어는 과연 미녀가 되었다. 잉어의 마술에 의하여 큰 집이 생기고 먹을 것과 입을 것이 원하는 대로 나왔다. 잉녀는 집을 지음과 동시에 큰 목욕실을 만들었다. 그리고 매월 한두 차례씩 목욕을 하였다.

"내가 욕실 안에 들어간 뒤에는 절대로 나를 엿보지 마세요. 만일 나를 엿보면 반드시 불행이 있을 겁니다."하고 잉녀는 항상 반복하여 말하였다. 그 뒤 그들의 사이에는 벌써 세 사람의 남녀 소생이 있었다. 그들의 생활은 매우 행복스러웠다.

어느 날, 어부는 참다 참다 못하여 처가 욕실에 들어간 뒤 밖에서 실내를 가만히 엿보았다. 처는 큰 잉어로 변하여 선선히 욕실 내에서 헤엄치고 있었다. 남편이 엿본 것을 안 잉녀는 곧 욕실에서 나와 슬프게 말하였다.

"이로부터 일 년 동안만 더 약속을 지켜 주었더라면 나는 영영 사람이 될 수 있었습니다. 그러나 우리의 천생 인연은 벌써 끊어졌습니다. 하지만 3년 후면 우리는 다시 천상계에서 살 수가 있을 것입니다." 처는 다시 잉어로 변하여 남편이 말리는 것도 듣지 않고 바다 속 용왕국으로 돌아가 버렸다. 잉녀가 돌아간 뒤는 큰 집도 없어지고 아이들도 보이지 아니하여 어부는 본래의 구차한 어부로 도로 돌아갔다.

정말 3년 후 공중에서 처의 소리가 들리더니 잉녀는 하늘에서 내려와 어부를 데리고 승천하였다. 천상에는 3남매의 자녀도 있었다. 그들은 거기서 잘 먹고 잘 살았다고 한다.

# 박연폭포

박연폭포는 금강산의 구룡폭(九龍瀑), 설악산의 대승폭(大勝瀑)과 함께 조선반도의 삼폭(三瀑)이라 일컬어지는 절경이다. 구룡폭을 성폭(聖瀑), 대승폭을 신폭(神瀑)이라 하는데 비해 이 박연폭포는 선폭(仙瀑)이라는 이름으로 아름답게 비유되고 있는 것이다. 이 폭포를 박연폭포니 선폭이니 하는 데에는 그만한 이유가 있는 것이다.

아득한 옛날.

박연폭포가 있는 천마산(天馬山) 가까이 경기도 개풍군(開豊郡)에는 박 진사(朴進士)라는 통소를 잘 불기로 이름난 한 선비가 늙으신 홀어머니를 모시고 살고 있었다. 당당한 풍채에 그의 나무랄 데 없는 인품은 뭇 사람의 규범이 되고도 남았다.

어느 쾌청한 날.

박 진사는 불현듯 천마산 폭포 있는 데로 가서 퉁소를 불고 싶은 생각이 간절하였다. 폭포의 절경을 바라보면서 불고 싶었던 것이다. 그 맑고 애틋한 가락의 여운은 아무래도 폭포의 화음이 있어야 만이 어울릴 법도 하다. 박 진사는 어머님 앞에 나아가 날씨도 좋고 하니 폭포 구경이나 가시자고 했으나 "그랬으면 좋으련만 난 허리가 아파서 그렇게 먼데까지 갈 수가 있어야지. 대신 좋은 벗들이나 불러서 함께 가려무나"

효성이 지극한 박 진사는 홀로 고생하시는 어머니를 모시고 가기가 원이었으나 박진사의 어머니는 한사코 사양하는 것이었다. 박진사의 어머니는 무슨 생각이 들었던지 "얘야, 부디 해가 늦지 않게 돌아오거라." 하고는 쓸쓸히 웃는 것이었다.

박 진사는 친구 두어 사람과 더불어 경치 좋은 천마산 폭포 아래에 가서 술을 거르며 날을 보냈다. 종일토록 퉁소를 불며 즐겼다. 간간히 화답하는 산새 소리에 폭포 떨어지는 장쾌한 물소리가 한데 어울려 조화를 이루었다. 그 소리에 묻어 내리는 박진사의 퉁소 소리는 흡사 구슬 알을 굴리듯 낭랑하면서도 연연한 가락으로 들렸다. 끊일 사이 없이 꺾였다가는 높아지면서 은은히 흐르는 것이었다.

어느덧 날이 저물어 친구들은 이제 그만 돌아갈 것을 박 진사에게 청했으나 통소불기에 도취된 박 진사는 묵묵부답 통소만을 불고 있었다.

"여보게! 박 진사, 이제 날도 저물었으니 그만 내려가세나. 날이 저물었대도……. 허어 이 사람 알아듣지를 못하는군. 갈 길도 험하고 한데……."

한층 흥취를 돋우는 박 진사는 문자 그대로 무아경(無我境)에 도취한 사람 같았다. 친구 두 사람은 날도 저물고 했으니 근심이 태산 같았다. 어찌하면 좋겠는가 하는 얼굴들을 하고 서로 쳐다만 보고 있었다.

"하는 수 없지. 우리 먼저 가세. 박 진사의 흥취를 깨는 것도 무리겠구먼. 암 그렇고말고!"

"파흥(破興)은 비례(非禮)라. 우리끼리 먼저 가세나"

친구들이 산을 내려가는 것도 모른 채 박 진사는 줄곧 통소 불기에만 정신이 팔려 있었다.

"우린 앞서 가네. 너무 늦지 말고 곧장 내려오게나. 자네 자당님께서 기다리고 계셔"

어느새, 날이 저물고 휘영청 밝은 달이 떠올랐지만 박 진사는 돌아갈 생각을 않고 통소 불기에만 여념이 없었다. 달 아래에 앉아 통소를 부는 박진사의 모습은 마치 한 폭 산수화(山水畵) 속에 앉아 있는 신선 같기도 했다. 이때 폭포수가 떨어져 웅덩이를 이룬 용못 속에 사는 용녀(龍女)가

잠에서 깨어나 절절이 꺾이는 퉁소 소리의 방향을 찾아 고개를 쳐들고 물 위로 나타났다. 그 용녀가 이 용못 속에서 천년을 넘겨 살았지만 박진사의 피리 소리만큼 그토록 아름답고 애틋하고 고운 가락은 일찍이 들어 본 일이 없는 가락이었다.

용녀는 퉁소 소리 나는 곳을 따라 점점 발길을 옮기기 시작했다. 폭포 소리와 박진사의 퉁소 소리만이 들릴 뿐 산새도 산짐승도 제가끔 보금자리를 찾아 잠이 들만큼 오래된 한밤중이었다. 폭포수 아래 깊은 용못에서 깊이 잠든 용녀의 꿈을 깨도록 할 만큼 절묘한 퉁소 소리만이 계곡의 정적을 깨치고 있었다.

"오라 저 사람의 모습을 보니 과연 저토록 절묘한 퉁소 소리가 나고도 남을 만하지."

용녀는 박진사의 퉁소 부는 모습을 보고 한눈에 반해서 박 진사 곁으로 다가갔다.

"그런데 가만 있자! 어떻게 저 사람을 홀린다?"

귀골로 생긴 풍채하며 속세 인물치고는 드물게 보는 남자라고 용녀는 생각한 나머지 박진사의 옥 굴리는 소리와 더불어 천년이고 만년이고 용못에서 함께 즐기며 살고 싶은 생각만 점점 굳히기에 이르렀다.

용녀는 이내 선녀처럼 아름다운 여인의 모습으로 둔갑을 하고 퉁소 소리에 맞추어 너울너울 춤을 추며 박 진사 앞으로 다가갔다. 박 진사는 문득 통소 불던 손을 멈추고 의아스럽다는 듯 혼자말로 중얼거렸다.

"아, 아니. 이것이 꿈인가, 생신가! 저 여인은 귀신인가, 사람인가! 이 밤중에 이상도 하다!"

박진사의 피리 소리가 끊기자 용녀는

"호호호…… 왜 그리 좋은 가락을 불다 마시나이까?"

하고 요염한 웃음을 지었다.

"그대는 누구시온지? 이 밤중에 춤을 추며 나타나셨으니 선녀시오?"

"그대야말로 누구시기에…… 그 애틋한 통소 소리를 옥굴리듯 하시나이까?"

박 진사의 물음에 용녀는 오히려 반문하는 것이 아닌가!

"나는 천마산 아래 사는 박진사라 하오"

박진사의 말이 떨어지자 용녀는 음흉한 배포가 속에 잔뜩 들었는지라 벌써 간계를 쓰기 시작하는 것이었다.

"소저는 일찍이 송도에 살았사온데 시끄러운 세속이 싫어 홀로 이 산속에 집을 짓고 하루하루 쓸쓸하게 지내는 계집이옵니다!"

"아, 아니 이 산속에 집이 있다구요?"

박 진사는 금시초문이었다.

용녀는 간드러지게 웃으며

"과히 이상하게 생각하실 건 없사옵니다. 의심스러우시다면 진사님을 소녀의 집으로 모시겠나이다!"

"아니 나를…… 정녕 나를 모시겠다고?"

이렇게 해서 박 진사를 유도하는 작전은 용녀의 뜻대로 낙착이 된 것이었다.

용녀는 티 없이 맑은 웃음을 웃으며

"자 가세요."

하고는 박진사의 손을 잡아끄는 것이 아닌가!

"아, 이 백옥 같은 손으로 이 사람의 손을 이끌어 주시고……."

박 진사는 앞뒤를 분별할 여념도 없이 손목을 이끌어 주는 용녀가 황공하기만 하였다. 용녀는 천연스럽게 웃으며

"미천한 계집이 진사님의 그 맑은 손을 잡은 게 되레 잘못인가 아옵니다!"

꿈만 같다는 진사의 말에 용녀는 절대로 그렇지 않노라고 박 진사를 안심시키며 두 사람은 발길을 옮겼다. 용녀의 집에 다다른 박 진사는 소스라치게 놀라지 않을 수 없었다. 용녀의 집이라는 곳은 바로 폭포수가 떨어지는 깊은 못이었다. 불안한 빛을 감추지 못하는 박 진사에게 용녀는 또 한 번 간드러지게 웃으며

"진사님께서는 정말 꿈을 꾸시는 모양이군요. 아, 이렇게 집을 보시면서도 이곳이 못이었다구요? 정말 너무 하시군요!"

못 미더워하는 박진사가 원망스럽기라도 하다는 듯한 용

녀의 말이었다.

"아, 아니올시다. 너무 황홀해서 그만…….."

"진사님, 함께 들어가십시다. 이 집엔 저 혼자서 살고 있어요. 우린 이 집에서 언제까지나 같이 살도록 해요. 천년, 만년……. 진사님은 퉁소를 부시고 저는 거기에 맞춰 춤을 추고요……."

"낭자 고맙소이다. 과분한 영광이올시다!"

퉁소의 명수(名手) 박 진사는 용녀의 홀림을 받아 폭포 아래 깊고 깊은 못 속에 빠지고 만 것이다. 한편 박진사의 어머니는 늦도록 돌아오지 않는 아들을 찾아 천마산 계곡을 헤매며 울부짖었다. 아들이 폭포 속에 빠져 죽었다고 단정하기에 이른 박진사의 어머니도 끝내는 깊은 폭포수에 몸을 던졌던 것이다.

그 뒤로 이 천마산의 폭포는 박 진사가 빠져 죽은 못이라 하여 박연폭포라 했고 용녀가 살았다 하여 선폭이라 불리게 된 것이다.

모자(母子)의 애화를 남긴 박연폭포는 그저 장관(壯觀)으로 쏟아지는 물소리가 시원할 뿐 그 옛날 박진사가 꺾어 불던 퉁소 소리는 들어볼 길이 없다. 지금도 용못 속에서 박 진사는 퉁소를 불고 있는 것일지? 잠시 발길을 멈추고 바라보노라면 어디선가 가락이 들리는 듯 마는 듯하다. 고려 태조 왕건(王建)이 도읍을 정하고 송도라 했던 개성에서 남문(南門) 밖 40리 지점에 박연폭포는 자리 잡고 있다. 도학자도 재색 겸비한 명기도 그리고 박 진사처럼 퉁소를 잘 불던 가객도 송도에는 많이 있었다.

상사암에 얽힌 전설

경남 남해군에 솟아 있는 금산을 가 보면 상사암(想思岩)을 볼 수 있다. 이 산에서도 가장 웅장하고 큰 바위이면서 로맨틱하고 낭만적인 사연이 깃들은 상사암에 얽힌 감동적인 전설을 하나 소개하고자 한다.

때는 조선 19대 숙종왕 시절로 거슬러 올라간다. 현재의 전남 여천군에 속한 돌산도에 피붙이 혈육 하나 없이 살아가던 한 사내가 지나친 흉년으로 인하여 도저히 돌산에서는 초근목피로도 기근을 달랠 수 없어 바다를 건너 남해도에 찾아들게 되었다.

남해도에 도착한 이 사내는 다행히도 이곳의 부유한 농가에 잡일을 거두며 기거하게 되었는데 그 집 안주인은 유난히 뛰어난 미모를 갖추었으며 또한 마음씨가 비단결처럼 고와 이 사내를 마치 오라비를 대하듯이 따뜻하고 정감이 있게 보살펴 주었던 것이다.

이로 하여금 이 사내는 이 세상에 태어나 참다운 인간의 정을 처음으로 느끼게 되었다. 사내는 그 안주인의 고마움과 정의를 알아 비록 힘들고 어려운 일도 아무런 불평 한 마디 없이 부지런히 해냈다. 아니 불평보다는 어떤 어려운 일이 자기 앞에 부딪치더라도 날마다 이 안주인을 볼 수 있다는 것만으로도 이 사내에게는 다행으로 생각게 되었으며 또한 인간의 정이 무엇인가를 서서히 알게 되면서 그 정의 방향은 보통 사람으로는 생각할 수도 없는 이 집 안주인으로 향하게 되었던 것이다.

더구나 뛰어난 미모와 고운 마음씨에 반하여 사내의 마음은 걷잡을 수 없게 되어갔다. 그렇지만 자기의 상전인 안주인을 어떻게 할 수 없는 처지이다 보니 날이면 날마다 자기 가슴속에 담긴 말 한마디 건네지도 못하고 혼자서 속 앓이를 하였다. 결국에는 몹쓸 상사병에 걸리게 되어 식음을 전폐하고 시름시름 앓아눕더니 마침내 이 사내는 죽음의 직전에 이르게 되었던 것이다.

이를 눈치 챈 안주인은 이 사내를 그냥 죽게 내버려 둘 수 없다는 생각을 비장하게 가질 정도에 이르렀다. 달도 뜨지 않아 지척도 분간하기 어려운 캄캄한 어느 날 밤이다.

남편의 눈을 피해 죽음이 경각에 달린 이 사내를 이끌고 상사바위에 올라가서 마침내 이 사내의 상사병을 풀게 해 주어 목숨을 잇게 하였다.

이러한 일화가 세상에 떠돌자 후세 사람들은 죽음의 경각에 이르렀던 그 사내가 마음속에 품은 그 사모의 정염을 어떻게 풀었는지 궁금해 한다. 이 이유 중에 가장 궁금하게 생각하는 것이 사모의 대상이 된 여인은 자신이 빌붙어 지내는 집의 안주인이었으며 남녀칠세부동석(男女七歲不同席)이라는 유교 관습 속에서 어떻게 상사의 한을 풀었을까 하는 것이다.

그 이후 로맨틱하고 낭만적인 야화가 깃들어져 있어 이 바위를 상사바위(想思岩)라 부르게 되었다. 한 여인을 사모한 그것도 천한 신분에 자기가 모시는 상전의 안주인으로서 도저히 이룰 수 없는 사모의 염을 품은 사내가 어떻게 그 상사의 염을 풀었는지 궁금하게 생각되시는 분은 직접 한번 상사바위에 올라가 보시라. 그 궁금함의 해답은 상사바위에 올라서면 이내 풀리게 될 것이다. 단, 이 바위에 올라서면 천장만장이나 되는 층암절벽이라 아찔하고 매우 위험한 곳이니 주의를 해야 한다.

가야금의 유래

가야금의 유래는 다음과 같다.

신라 진흥왕 시절, 가야국의 왕이 삼한시대 전래의 고유 현악기인 '고'를 다시 새로 만들어 가얏고라 이름하고 악사 우륵에게 명하여 열두 곡을 새로 짓게 하였다. 가야국이 어지럽게 되자 우륵은 제자와 함께 신라에 가서 충주에 살면서 가얏고를 비롯하여 노래, 춤까지 모두 풍성하게 하여 대악을 이루었다고 한다.

후에 가야금은 고구려의 거문고와 함께 신라삼현이라 일컫게 되었고 조선시대 말기에 산조의 효시가 되었다.

신라 진흥왕(AD540 - 576)때 어느 날 우륵이라는 사람이 찾아 왔다. 그는 자신이 가야국 사람으로 '고'라는 12줄짜

리 현악기 연주자임을 밝히고 가야국이 망해가므로 음악도 함께 없어질까 봐 왕을 찾아왔다고 사연을 아뢰었다.

진흥왕은 우륵에게 '고'의 연주를 청해 듣고 그 음악을 대악(大樂)으로 삼을 것을 결정하였다. 이것을 지켜본 신하들은 망국의 음악을 받아들이는 건 옳지 않다고 반대했다.

그러나 왕은 "가야국이 망한 것은 가실왕이 음란했기 때문이지 음악 때문이 아니다"라고 하며 신하들의 반대를 물리쳤다. 그리고 우륵을 국원에 자리 잡게 하고 다른 사람들에게 악기 연주와 노래 및 춤을 각각 가르치게 했다.

이로부터 이 악기는 가야국 가실왕이 만들었다고 하여 가야(얏)고 또는 가야금이라고 불리었는데 이는 신라에 있던 '고'라는 악기와 구별하기 위해서이다. 가야금은 원래 가실왕이 우리나라의 쟁(箏)을 본받아 만들었단 기록이 있다.

또한 진흥왕 앞에서 우륵이 연주한 12곡(하가라도, 상가라도, 보기, 달기, 사물 등)도 가실왕이 명령하여 직접 우륵이 작곡한 것이다. 가야금은 일본에도 전해져 지금도 나라(奈良)의 쇼소인박물관에 '신라금'으로 보관되고 있다.

가야금의 특징은 다음과 같다. 굵은 줄부터 가는 줄까지 열두 줄이 이동시킬 수 있는 안쪽 위에 놓여 있다. 오른손으로 튕기어 소리를 내고 왼손으로 소리에 기교를 준다.

가장 비슷한 서양악기는 '하프'인데 거문고에 비해 소리가 낭랑하고 맑다. 빠르게 연주할 수 있고 또한 초보자도 처음에는 쉽게 배울 수 있어서 우리 민족의 전통악기 중에서 세상에 가장 널리 알려진 악기 중의 하나이다.

가야금에는 두 가지 종류가 있는데 정악용으로 쓰이는 법금과 산조용으로 쓰이는 산조가야금이 있다.

법금이 산조가야금에 비해 크기가 크고 소리에 무게가 실린다. 그에 비해 산조가야금은 작고 소리는 조금 가볍지만 빠른 곡조에 어울리는 낭랑한 소리를 낸다.

가야금병창은 단가(短歌)나 판소리의 한 대목을 독립시켜 가야금 반주에 맞추어 부르는 음악이다. 장단은 중모리, 중중모리, 자진모리, 진양, 엇중모리 등을 쓰며 장구반주가 따른다. 가야금병창은 판소리와 기악연주의 중간지점에서 출발하여 독특한 영역을 구축해 온 음악이다. 초기에는 산조에 겸해 연주되었고 김창조(金昌祖)를 가야금병창의 시조로 삼는다. 박필괴, 심정순, 심상건, 안기옥, 김죽파, 함동정월 등은 모두 가야금병창의 명인이자 산조의 명인이다. 1910년대에는 한국 서울의 광무대, 장안사, 담정사 등의 극장을 중심으로 심상건, 김해선 등이 활약했다. 1920년대까지는 주로 심정숙, 심매향, 심상건 등의 심씨 일가와 김해선이 주류를 이루었다고 전한다. 이때부터 가야금병창이 레코드로 취입되기 시작했다. 1930년대에는 오태석이 가야금병창의 레퍼토리를 확장시켰고 암울한 일제강점기의 청중들에게 큰 호응을 얻어 이 방면의 신화적 존재가 되기도 했었다. 이 시기에는 김죽파, 이소향, 김종기, 정남희, 안비취 등이 부각되었는데 이들은 방송과 레코드 취입으로 크게 활약했다.

가야금연혁은 부동한 년대를 거쳤다. 1930~40년대는 가장 많은 가야금병창의 명인들이 배출된 시기이다. 성금연, 함동정월, 박귀희 등 주로 여류 음악인들에 의해 맥을 이어왔는데 그 표면양식도 매우 여성화를 이루었다. 1968년 가야금산조와 함께 한국의 중요무형문화재 제23호로 지정되기도 했으며 기예능보유자에 정재국(鄭在國, 1997 해제), 안숙선(安淑善)이 있다. 대표적인 곡으로는 '녹음방초', '호남가', '사랑가', '제비노정기' 등이 있다.

가야금산조는 진양조, 중모리, 중중모리, 엇모리, 굿거리 등의 장단 중 산조에 따라 3~6개의 장단구성에 의한 악장으로 나뉜다. 반드시 장구반주가 따르는데 다른 악기의 산조보다 가야금산조가 제일 먼저 발생했다. 조(調)는 우조(羽調), 계면조(界面調), 경드름[京調], 강산제(江山制)로 이루어지는데 이 중에서도 계면조가 가장 많이 나타난다. 가야금산조는 김창조(金昌祖)에 의해 틀이 짜여 졌는데 이 틀에 여러 사람들이 자기의 기법, 가락을 첨가시키거나 바꾸어 여러 유파를 형성하였다. 가야금산조는 다른 악기의 산조보다 유파도 많고 전승계보도 다양하다.

거문고

　악기에 있어서 가장 대표적이라고 말할 수 있는 악기는 가야금, 거문고가 아닌가 싶다. 그만큼 대중들에게 널리 알려져 있는 악기라는 생각이 든다. 우리 조선족들에게 악기를 아는 대로 써보라고 하면 가야금과 거문고는 빠지지 않고 적을 만큼 쉽게 접할 수 있는 악기이다.

　그 이유는 옛날부터 가야금과 거문고가 일반인에게 많이 알려져 있는 이유가 아닌가 생각된다. 거문고는 사랑방에서 선비들의 악기라고 해도 무방할 만큼 양반집이라면 누구든지 거문고를 하나씩은 가지고 있었던 점이 그 예이겠다. 또한 가야금은 예전의 풍류에 거문고와 짝을 이루던 악기였기 때문에 가야금과 거문고가 이렇듯 많은 사람들에게 알려져 있는 듯싶다. 궁중의 연주 편성에 있어서도 가야금과 거문고는 중요한 편성이다. 정악곡에 있어서 가야금과 거문고는 현악기의 대표적인 악기로 꼭 편성이 된다.

≪국사기≫에 "거문고는 중국 진(晉)나라의 칠현금(七絃琴)을 고구려의 왕산악(王山岳)이 개조하여 만든 악기인데 이를 연주하자 검은 학이 날아와 춤을 추었다. 그래서 이름을 현학금(玄鶴琴)이라 하였다."는 기록이 전한다. 이를 또 설화적 기원에 빙자하는 견해들이 없지 않다. 가야국의 현악기란 뜻의 '가야고'와 마찬가지로 거문고는 고구려의 옛 이름인 검, 곰과 고의 합성어로 고구려의 현악기를 뜻한다고 보는 것이 바람직하다고 주장한다. 고구려에서 발생한 거문고는 통일신라에 전해져 신기(神器)로 보전되다가 옥보고(玉寶高), 속명득(續命得), 귀금(貴金), 이찬(伊湌), 윤흥(允興), 안장(安長), 청장(淸長), 극상(克相), 극종(克宗) 등에게 전수되어 민간에 널리 퍼졌다고 한다.

거문고는 신라의 삼현삼죽(三絃三竹)의 하나로 향악발전에 크게 공헌했다. 조선시대 거문고는 궁중에서보다 민간에서 더욱 발전되었다. 조선 후기에 이르면 거문고는 일부 양반들과 중인계층에 수용되어 선비들의 필수품의 하나로 여겨졌다. 이들은 거문고를 연주함으로써 정신을 수양하고 다스리고자 했다. 이는 공자의 예악관(禮樂觀)의 영향으로 생각된다. 이들을 흔히 금객(琴客)이라고 하는데 이들에 의해 많은 거문고 악보가 만들어졌고 현재까지 전하는 고악보의 대부분은 바로 이 시기에 만들어진 것이다. 그들이 즐겼던 음악은 가곡과 영산회상(靈山會相) 등인데 악보가 지금까지 남아 있어 우리나라 음악을 역사적으로 이해하는 데 많은 도움을 준다.

거문고의 특징은 대체로 다음과 같다.

안악3호분 벽화의 무악도(舞樂圖)에 그려져 있는 고구려 거문고의 모양은 4개의 줄과 17개의 괘가 있고 연주자는 꿇어앉아 거문고를 두 무릎 위에 올려놓고 연주했다. 그러나 지금의 거문고는 2줄이 더해져 6줄로 바뀌었고 괘는 16개로 고정되었다. 또 울림통의 앞면은 오동나무로 둥글게 만들고 옆면과 뒷면은 밤나무로 평평하게 만들어 앞면과 연결시켜 D형의 모양이 되게 하고 뒷면에는 3개의 울림구멍이 있어 공명된 음을 외부로 전달한다. 울림통에는 줄감개, 줄베개, 줄받침, 줄걸이 등이 있어 줄과 울림통을 연결시키는 구실을 한다. 줄감개는 뒤편 위쪽에 있는데 진괘라고 부른다. 이 진괘를 시계방향으로 돌리면 음이 올라가고 시계반대방향으로 돌리면 음이 낮아져 간단한 조율을 하는 데 사용한다. 앞면 아래쪽에 있는 고리가 달린 긴 끈은 줄걸이라 하는데 거문고 줄의 남는 부분과 부들[染尾]을 연결하는 데 쓴다. 부들은 거문고 줄의 전체적인 탄력을 조절할 때 쓰며 줄과 울림통을 연결하고 남는 부들은 가지런히 꼬아서 거문고 아랫부분에 멋스럽게 장식한다. 줄베개는 담괘라고 부르는데 가야금의 현침에 해당한다. 담괘는 줄과 울림통 사이의 간격을 두기 위한 장치이다. 줄받침은 괘 또는 안족이라고 한다. 거문고의 6줄 가운데 3줄은 괘에 올려져 있고 3줄은 안쪽으로 받쳐 진다. 거문고에는 16괘가 있는데 제1괘에서 제16괘로 갈수록 괘의 높이가 점점 낮아지며 괘 사이의 간격도 좁아진다. 괘는 기타의 지판과 같은 기능을 한다. 거문고 줄은 명주실을 꼬아 만드는데 각각 다른 이름이 있고 줄의 굵기도 다르다. 제1현은 문현(文絃), 제2현은 사용빈도가 가장 잦은 유현(遊絃), 제3현은 가장 굵은 대현(大絃), 제4현은 괘우에 있는 괘상청(上淸), 제5현은 괘 아래 있는 괘하청(下淸), 제6현은 무현(武絃)이라 한다. 거문고는 술대를 사용하여 소리를 낸다. 술대는 대나무로 만들고 길이는 17㎝ 정도, 지름은 7㎜ 정도가 제일 적당하다. 거문고 울림통 앞면 윗부분에는 좌단과 대모가 있다. 좌단은 술대를 쥔 오른손이 줄을 다루기 편하도록 손을 받쳐 주는 구실을 한다. 대모는 술대로 줄을 내리칠 때 술대가 닿는 부분이 상하지 않도록 가죽을 댄 것이다.

거문고의 대모가 붙은 한쪽 끝을 오른편 무릎 위에 얹고 왼편 무릎으로 악기의 뒤판을 고여 거문고를 모로 뉘어 놓고 술대를 오른손의 검지와 장지 사이에 끼우고 엄지로 버텨 쥔다. 이때 왼손은 줄 위에 얹어 줄을 밀거나 흔들어

음을 장식한다. 왼손의 명지는 유현을, 장지는 대현을 괘우에서 짚어 음을 낸다. 검지로는 장지로 짚었던 괘보다 하나 앞쪽 괘를 짚어 한 음 높은 음을 내고 엄지로는 두세 개 앞쪽의 괘를 짚어 두세 음 높은 음을 낸다. 이와 같이 거문고의 연주에서 음의 높낮이는 왼손으로 조절한다. 유현과 대현의 왼손 명지, 장지로 짚는 괘의 위치는 음악에 따라 다르고 시대에 따라 변해 왔다. 거문고의 조현법도 시대에 따라 변해 왔다. ≪악학궤범≫(樂學軌範) 이전의 거문고 연주법은 줄을 위에서 가볍게 눌러 짚는 경안법(輕按法)이 었으나 1572년(선조 5) ≪금합자보≫(琴合字譜) 이후로는 줄을 밀어 짚는 역안법(力按法)으로 바뀌어 지금에 이른다.

거문고는 조선 후기 많은 선비들의 사랑을 받았으나 지금은 가야금에 비해 덜 알려져 있다. 이는 거문고가 근대화 이후 대중적인 악기로 전환하지 못했음을 의미하는 것이다. 또한 새로이 창작되는 관현악 편성의 국악곡에 있어서도 거문고의 수법은 개발되지 못하여 단순히 효과음적인 연주에만 쓰이고 있다. 이러한 한계를 극복하기 위한 노력으로 거문고 현의 수를 7줄로 늘려 연주의 폭을 넓히고 수법을 개발하려는 시도를 하고 있으나 아직 뚜렷한 성과를 거두지 못하고 있다.

사실 가야금과 거문고에 대해서는 일찍 배우기 때문에 많은 사람들이 가야금과 거문고의 역사에 대해서는 많이 알고 있다. 하지만 그 자세한 내용을 아는 사람은 극히 드물 것이다. 우리 모두 우리 민족의 악기 한 가지라도 바로 아는 것으로 전통문화를 잘 지켜 가자.

계집이란 말의 어원

계집이란 이 말은 지금 여자를 업신여기거나 낮추어 이르는 말로 되어 있으나 이 말이 생길 때의 관념에서 보면 이것은 여자의 직분을 표현하는 칭호였다. '女'는 두 손을 앞으로 모우고 점잖게 앉은 여인의 모습이다. 남존여비의 작간으로 말미암아 계집 녀(女)가 들어가는 글자에는 부정적인 의미의 글자가 많다. 여자들은 간사하다는 의미의 간(姦)이나 시기할 질(姪), 질투할 투(妬), 요망할 요(妖), 방자할 방(妨) 등에 모두 계집 녀(女)가 들어간다.

옛날의 관념에서 보면 여자는 집에서 집안일을 하고 밖에서 발생되는 일은 다 남자가 했다. 때문에 남자를 가리켜 '바깥사람'이라고도 했다. '계집'이란 말은 바로 이에 대칭하여 나온 말인데 집에 있는 사람, 집안일을 하는 사람이라는 뜻이다.

'계집'의 '계'는 '계시다'의 '계'로서 그것은 '있다'를 높여 이르는 말이지만 일반적으로는 그것이 '있다'는 말의 뜻을 가지기도 한다는 해석이다. 옛날에는 이 말이 단순히 '있다'의 뜻으로 쓰였다. 그리고 '집'은 사람이 사는 집이라는 뜻이다.

그리하여 '계집'이란 말은 집안에 있으면서 집안일을 하는 사람의 뜻을 가진다. 집안에 있다는 뜻을 나타내자면 단어조성상 '있다'를 쓸 수 없으므로 '계시다'의 '계'를 써서 '계집'이라 하지 않을 수 없다.

집에 여자가 있으면 편안하다는 의미의 편안할 안(安)이나 즐겁게 노는 자리에는 여자가 있어야 한다는 놀 오(娛)와 같은 글자에는 여자를 집안일을 하거나 오락(娛樂) 대상으로 삼는 세습흔적이 뚜렷하다. 이제 우리는 여자의 호칭을 두고 계통적으로 살펴보는 프로그램을 만나자.

▶ 母: [상형]어미 모, 계집 녀(女) + 젖꼭지를 의미하는 두 점
   상형문자를 보면 계집 녀(女)자의 가슴 부분에 젖꼭지를 의미하는 두 점을 찍어 만든 글자이다.
   - 모자(母子): 어머니와 아들
▶ 婦: [회의]아내 부, 계집 녀(女) + 빗자루 추(帚)

빗자루(帚)를 들고 집안 청소하는 여자(女)가 아내(婦)이다.

- 부부(夫婦): 남편과 아내

▶ 姑: [회의]시어머니 고 고모 고 시누이 고 계집 녀(女)
  ＋[옛 고(古)]

시어머니는 옛날(古) 여자(女)이다.

- 고부(姑婦): 시어머니와 며느리

- 고모(姑母): 아버지의 누이

- 고식지계(姑: 시어미 고 息: 숨쉴 식 之: 갈 지 計: 꾀 계) : "시어머니(늙은이)와 자식(어린이)의 계책"이란 뜻으로 임시변통이나 일시 미봉하는 계책.

▶ 妻: [회의]아내 처, 계집 녀(女)＋열 십(十)＋고슴도치
  머리 계(彐)

다른 사람(여종)이 손(彐)으로 여자(女)의 머리(十)를 다듬는 모습을 본떠 만든 글자이다.

- 처가(妻家): 아내의 친정

▶ 妾: [회의]첩 첩, 계집 녀(女)＋매울 신(辛 → 立)

매울 신(辛)은 죄인이나 노예라는 표시를 위해 얼굴에 문신을 새기던 침의 모습을 본 떠 만든 글자이다. 고대 중국에서는 잡혀온 여자의 얼굴에 문신을 새겨 첩으로 삼았다.

- 첩실(妾室): 첩을 점잖게 이르는 말

▶ 姨: 이모 이 시누이 고 계집 녀(女)＋[오랑캐 이(夷)]

이모가 여자니까 계집 녀(女)가 붙는다.

- 이모(姨母): 어머니의 자매

▶ 嫡: 정실 적, 계집 녀(女) + [밑둥 적(啇)]

정실(첩이 아닌 본처)은 여자(女)니까

- 적자(嫡子): 정실(正室)의 몸에서 태어난 아들

▶ 妹: 손아래 누이 매 계집 녀(女) + [아닐 미(未) → 매]

손아래 누이가 여자니까 계집 녀(女)자가 들어간다.

- 매부(妹夫): 누이의 남편. 자형(姉兄)

▶ 姐: 누나 저, 언니 저, 계집 녀(女) + [공손할 저(且)]

누나가 여자니까 계집 녀(女)자가 들어간다.

- 소저(小姐): 아가씨의 뜻으로 젊은 여자를 일컫던 말

▶ 嫂: 형수 수, 계집 녀(女) + [찾을 수(叟)]

형수는 여자니까 계집 녀(女)자가 들어간다.

- 형수(兄嫂): 형의 아내

☞ 搜: 찾을 수, 손 수(扌) + [찾을 수(叟)]

손으로 더듬거리며 찾으니까 손 수(扌)자가 들어간다.

▶ 姪; 조카 질, 계집 녀(女) + [이를 지(至) → 질]

고대 중국에서는 모계사회였기 때문에 여자의 조카를 일컬음

- 질녀(姪女) 조카딸

▶ 婆: 할미 파, 계집 녀(女) + [물결 파(波)]

할머니는 여자니까 계집 녀(女)자가 들어간다. 머리에 물결 모양의 주름살이 있어서 물결 파(波) 자가 들어갔다는

이야기도 있다.

　– 노파(老婆): 늙은 할머니

▶ 孀: 과부 상, 계집 녀(女) + [서리 상(霜)]

과부가 여자니까 계집 녀(女)자가 들어간다.

　– 청상과부(靑孀寡婦): 남편을 여읜 젊은 과부

▶ 娘: 아가씨 랑, 계집 녀(女) + [어질 량(良) → 낭]

아가씨가 여자니까 계집 녀(女)자가 들어간다.

　– 낭자(娘子): 처녀를 점잖게 이르는 말

▶ 孃: 계집애 양, 계집 녀(女) + [도울 양(襄)]

계집애가 여자니까 계집 녀(女)자가 들어간다.

　– 영양(令孃): 남의 딸을 높이 일컫는 말

▶ 妃: 왕비 비, 계집 녀(女) + [몸 기(己) → 비]

왕비도 여자니까 계집 녀(女)자가 들어간다.

　– 왕비(王妃): 임금의 아내

▶ 妣: 죽은 어미 비, 계집 녀(女) + [견줄 비(比)]

죽은 어미가 여자니까 계집 녀(女)자가 들어간다.

▶ 姉: 손위 누이 자

손위 누이가 여자니까 계집 녀(女)자가 들어간다.

　– 자매(姉妹): 여형제

■ 여자의 직업

▶ 奴: [회의]종 노, 계집 녀(女) + 오른손 우(又)
손(又)안에 들어와 있는 여자(女)가 종(奴)이다.
 - 노비(奴婢): 사내종과 계집종
☞ 怒: 성낼 노, 마음 심(心) + [종 노(奴)]
마음으로 성을 내니까 마음 심(心)자가 들어간다.

▶ 婢: 계집종 비, 계집 녀(女) + [낮을 비(卑)]
낮은(卑) 계급의 여자(女)가 계집종(婢)이다.

▶ 妓: 기생 기, 계집 녀(女) + [가지 지(支) → 기]
기생은 여자니까 계집 녀(女)자가 들어간다.
 - 기생(妓生): 잔치나 술자리에 나가 노래, 춤 등으로
흥을 돋는 일을 업으로 삼던 여자
☞ 技: 재주 기, 손 수(扌) + [가지 지(支) → 기]
손으로 잘 만드는 사람이 재주가 많다.

▶ 娼: 창녀 창, 계집 녀(女) + [번창할 창(昌)]
창녀는 여자니까 계집 녀(女)자가 들어간다.
☞ 唱: 노래 창, 입 구(口) + [번창할 창(昌)]
입으로 노래를 부르니까 입 구(口)가 붙는다.

■ 여자의 성격과 행동

▶ 姦: [회의]간사할 간, 계집 녀(女) + 계집 녀(女) + 계집 녀(女)

여자들은 간사하므로 계집 녀(女)자가 들어간다.

– 간통(姦通)

▶ 妬: [회의]질투할 투, 계집 녀(女) + 돌 석(石)

여자(女)가 질투하면 돌(石)을 던지면서 싸운다에서 유래.

– 질투(嫉妬) 시기하여 미워함.

▶ 妖: 요망할 요, 계집 녀(女) + [어릴 요(夭)]

젊은(夭) 여자(女)들의 성격은 요망하다. 어릴 요(夭)자는 예쁘게 보이려고 고개를 삐딱하게 있는 젊은 여자의 모습이다.

– 요사(妖邪): 요망스럽고 간사함.

▶ 奸: 간음할 간(姦), 계집 녀(女) + [방패 간(干)]

여자들은 간사하므로 계집 녀(女)자가 들어간다.

– 간사(奸詐): 간교(奸巧)하여 남을 잘 속임

▶ 嫉: 시기할 질, 계집 녀(女) + [병 질(疾)]

여자들은 시기를 잘하므로 계집 녀(女)자가 들어간다.

– 반목질시(反: 되돌릴 반 目: 눈 목 嫉: 시기할 질 視: 볼 시): "눈을 흘기면서 밉게 본다."는 뜻으로 서로 미워하고 시기한다.

► 妙: 미묘할 묘, 계집 녀(女)+[적을 소(少) → 묘]

여자(女)들의 성격은 미묘하다.

- 미묘(微妙): 섬세하고 묘함

► 妨: 방해할 방. 계집 녀(女)+[모서리 방(方)]

여자들이 일을 하는 데 방해가 된다고 계집 녀(女)자가
들어간다.

- 방해(妨害): 남의 일을 가로 막아 잘 못하게 함

► 妄: 거짓 망, 계집 녀(女)+[망할 망(亡)]

여자(女)들이 거짓말을 잘한다

- 경거망동(輕: 가벼울 경 擧: 들 거 妄: 거짓 망 動:
움직일 동): 경솔하게 함부로 행동함

- 망령(妄靈): 늙거나 정신이 흐리어 말이나 행동이 정
상적인 상태가 아님

- 노망(老妄): 늙어서 망령을 부림

► 嫌: 의심할 혐. 싫어할 혐, 계집 녀(女)+[겸할 겸(兼)
→ 혐]

여자(女)는 의심이 많다.

- 혐의(嫌疑): 범죄자로 의심스러움

- 혐오(嫌惡): 싫어하고 미워함

■ 여자의 모습

▶ 娟: 예쁠 연, 계집 녀(女) + [작은 벌레 연(肙)]
여자(女)들은 예쁘다.

☞ 絹: 비단 견, 실 사(糸) + [작은 벌레 연(肙)]

▶ 姸: 예쁠 연, 계집 녀(女) + [평평할 견(幵) → 연]
여자(女)들은 예쁘다.

☞ 研: 갈 연(연마), 돌 석(石) + [평평할 견(幵) → 연]

▶ 娥: 아리따울 아, 계집 녀(女) + [나 아(我)]
여자(女)들은 아리땁다.

− 항아(姮娥): 달에서 산다고 하는 선녀

▶ 姿; 맵시 자 계집 녀(女) + [버금 차(次) → 자]
여자(女)들은 맵시가 있다.

− 방자(芳姿): 꽃다운 자태

▶ 媛: 미녀 원, 계집 녀(女) + [당길 원(爰)]
미녀들은 모두 여자(女)이다.

▶ 嬌: 아리따울 교, 계집 녀(女) + [높을 교(喬)]
여자(女)들은 아리땁다.

− 교태(嬌態): 여자의 요염한 자태

▶ 姿: 맵시 자 계집 녀(女) + [버금 차(次) → 자]
여자(女)들은 맵시가 있다.

− 자태(姿態): 맵시와 몸가짐

■ 기타 계집 녀(女)자가 들어가는 글자

▶ 好: [회의]좋을 호, 계집 녀(女) + 아들 자(子)

여자(女)와 아들(子)을 낳으니 좋다(好).

- 호사다마(好: 좋을 호 事: 일 사 多: 많을 다 魔: 마
귀 마) : "좋은 일에는 마귀가 많다."라는 뜻으로 좋은 일
에는 흔히 탈이 끼어들기 쉬움

▶ 要: [상형]중요할 요, 덮을 아(襾) + 계집 녀(女)

상형문자를 보면 두 손 허리에 손을 올리고 있는 모습으
로 덮을 아(襾)자나 계집 녀(女)자와는 상관없는 글자이다.
원래의 의미는 허리였으나 중요하다는 의미로 사용되자 원
래의 의미를 분명이 하기 위해 고기 육(肉 → 月)자가 추가
되어 허리 요(腰)자가 되었다.

- 중요(重要): 소중함

▶ 安: [회의]편안할 안, 집 면(宀) + 계집 녀(女)

집(宀)에 여자(女)가 있으면 편안(安)하다.

- 편안(便安): 몸이나 마음이 편하고 좋음

- 안빈낙도(安: 편안할 안 貧: 가난할 빈 樂: 즐길 낙 道:
길 도): 가난한 생활에서도 편안한 마음으로 도(道)를 즐기면
서 삶

▶ 宴: [회의]잔치 연, 집 면(宀) + 날 일(日) + 계집 녀(女)

집(宀)에서 잔치를 하기 위해서는 날(日)을 잡아야 하고

여자(女)가 있어야 하는 데에서 유래.

- 연회(宴會): 잔치

▶ 妥: [회의]마땅할 온, 편안할 타, 손톱 조(爪) + 계집 녀
(女)

약한 여자(女)는 남자의 손(爪)안에 있는 것이 마땅하고
편안하다.

- 타협(妥協): 양쪽이 서로 좋도록 절충하여 협의함

▶ 如: [회의]같을 여 계집 녀(女) + 입 구(口)

여자의 입은 모두 '같다'에서 유래.

▶ 姓: 성 성, 계집 녀(女) + [날 생(生) → 성]

고대 중국에서 여자(女)가 낳은(生) 아이에게 자신의 성
(姓)을 따르게 한 모계사회에서 유래.

- 성명(姓名): 성과 이름

▶ 婚: 혼인할 혼, 계집 녀(女) + [어두울 혼(昏)]

여자와 혼인하니까, 계집 녀(女)자가 들어간다.

- 혼인(婚姻): 장가들고 시집가는 일

▶ 姻: 혼인할 인, 계집 녀(女) + [인할 인(因)]

여자와 혼인하니까 계집 녀(女)자가 들어간다.

▶ 媤: 시집 시, 계집 녀(女) + [생각할 사(思) → 시]

여자가 시집을 가니까 계집 녀(女)자가 들어간다.

- 시댁(媤宅): 남편의 집. 시부모가 있는 집.

▶ 嫁: 시집갈 가, 계집 녀(女) + [집 가(家)]

여자가 시집을 가니까 계집 녀(女)자가 들어간다. 시집이
란 여자가 다른 집(家)에 살러 가는 것이다.

▶ 姙: 아이 밸 임, 계집 녀(女)+[맡길 임(任)]

여자가 아이를 배니까 계집 녀(女)자가 들어간다. 아이를
가지는 것이 여자가 해야 할 가장 큰 일(任)이었다. 여성이
아이를 낳는 모습인 后(임금 후)는 아이를 낳은 여인이 최고
임을, 여성이 무기(戌 술)를 든 모습인 威(위엄 위)는 마을의
우두머리가 여성임을 보여 준다. 여자가 낳았다(生)는 뜻의
성(姓)은 혈통이 모계중심으로 이어졌음을, 시(始)는 인류의
시작이 여자임을 말해 준다.

 - 임산부(姙産婦): 애를 배거나 낳은 여자

▶ 娛: 놀 오, 계집 녀(女)+[나라이름 오(吳)]

놀 때에는 여자가 있어야 한다고 생각했으므로 계집 녀
(女)자가 들어간다.

 - 오락(娛樂): 즐겁게 노는 일

▶ 始: 처음 시, 계집 녀(女)+[기쁠 이(台) → 시]

옛 중국에서는 여자(女)와 땅(土)이 만물의 근원이고 모
든 것의 시초라고 생각하였다.

 - 시작(始作): 처음으로 함

무지개 전설

　무지개의 채색된 선(線)들은 물방울 속으로 투과된 광선의 굴절과 내부 반사에 의해 생긴다. 파장이 다른 각각의 빛들은 각각 다른 굴절각을 갖고 휘기 때문에 입사광을 구성하는 빛깔들은 물방울을 통과해 나올 때 각 성분으로 분해된다. 가장 밝고 흔히 관찰되는 무지개는 빛이 물방울 내에서 1번 내부반사된 후 밖으로 나와 만들어진 "1차 무지개"라 부르는 것이다. 이 무지개의 호상(弧狀) 각반경(角半徑)은 42° 정도이고 안쪽에서부터 바깥쪽으로 보라 남색, 파랑. 초록. 노랑, 주황, 빨강을 나타낸다.

　때로 2차 무지개가 관찰되는데 이것은 1차 무지개보다는 색이 희미하고 색 층이 역전(逆轉)되었다. 2차 무지개는 약

50° 정도의 호상 각반경을 가지므로 1차 무지개의 위쪽에 나타난다. 이 무지개는 빛이 물방울 내에서 2번 내부반사해 생긴 결과이다. 3번 이상의 다단계 내부반사를 통해 더 고차의 무지개가 생길 수 있으나 이것은 매우 희미하므로 거의 관찰되지 않는다. 때로 희미하게 채색된 고리가 1차 무지개 안쪽에서 나타나는데 이는 과잉(過剩) 무지개라 불리는 것으로 물방울 내에서 내부반사를 통해 나온 빛들의 상호간섭으로 생긴 것이다.

무지개는 연못의 물을 빨아올려서 생기는 것으로 생각해 왔는데 이와 같은 생각은 아메리카 인디언들에게도 있었다. 그러나 이에 대한 해석에 있어서는 상당한 차이가 있다.

한국에서는 옛날에 무지개 현상을 보고 홍수를 예상했다. 한 가지 실례로서 "서쪽에 무지개가 서면 소를 강가에 내매지 말라"는 속담이 있다. 즉 서쪽 무지개는 동쪽에 태양이 있고 서쪽에 비가 오고 있음을 뜻한다. 한반도는 편서풍 지대에 속해 있어 모든 날씨의 변동이 서쪽에서 동쪽으로 이동하기 때문에 비 오는 구역이 점차 동쪽으로 이동하여 자기가 사는 곳까지 비가 올 가능성이 크다.

또 무지개는 소나기에 잘 동반되는데 소나기는 빗방울이 굵기 때문에 짧은 시간에 많은 양의 비가 내리는 것이 보통이다. 따라서 홍수가 일어나기 쉽고 홍수로 하천이 범람하여 귀중한 농우(農牛)를 떠내려 보내는 일이 없도록 예고

한 것이라고 해석된다.

이에 반하여 아메리카 인디언들은 물을 빨아올리므로 가뭄의 원인이 된다고 생각했다. 동남아세아의 원시민족들은 아침 무지개는 신령(神靈)이 물을 마시기 위해 나타내는 것으로 여겼다. 무지개가 선 곳을 파면 금은보화가 나온다는 전설이 있는 나라도 있다. 예를 들면 아일랜드에서는 금시계가, 그리스에서는 금열쇠가, 노르웨이에서는 금병과 스푼이 무지개가 선 곳에 숨겨져 있다고 하였다. 이들 전설의 기원은 아마도 무지개를 잘 동반하는 강한 소나기가 내린 뒤에 고대 유적과 같은 곳의 표토가 씻겨져 내려서 아름다운 유물들이 발견된 데서 유래된 것이 아닌가 생각된다.

성서에서는 노아의 홍수 후 신이 다시는 홍수로써 지상의 생물을 멸망시키지 않겠다는 보증의 표시로서 인간에게 보여준 것으로 보았다. 그리스신화에서는 이리스(Iris)라는 여신이며 제우스의 사자로 알려져 있다. 이 밖에 여러 민족에 따라 하늘과 땅 사이의 다리(북유럽 신화), 뱀(아메리카 인디언) 등으로 해석하고 있다. 아프리카의 바이라족, 말레이반도의 원주민은 하늘나라의 거대한 뱀 또는 뱀이 물을 마시러 온 것이라고 생각했다.

무지개를 타고 뱀이나 용이 물을 마시러 내려온다는 전설은 적지 않다. 신화에서 무지개는 하늘과 땅을 이어 주는 통로로서 신(神)에 의해 만들어진 다리로 여겨졌다. 북유럽

신화에서는 세계의 종말이 올 때까지 헤임달이라는 신이 그 일을 맡아보며 이 세계가 끝날 때는 이 다리는 거인이나 요물의 군세(軍勢)가 하늘나라를 공격하는 통로로 씌어져 그때 그 무게 때문에 무너져 내린다고 한다. 무지개를 다리로 보는 이러한 관념은 북아메리카의 원주민을 비롯해 캐나다 북서부에서 멕시코까지 널리 보인다. 푸에블로족은 신화적인 조상 카치나들이 해마다 겨울이 되면 무지개다리를 타고 내려와 그들 사이에서 머무른다고 믿으며 나바호족도 무지개를 신들의 여행통로로 보고 있다. 그리스신화에서는 무지개가 이리스라는 이름의 여신으로서 신들의 사자(使者) 역할을 하며 하늘과 땅 사이를 오간다.

무지개를 거대한 뱀으로 보는 관념도 많은 지역에서 보인다. 오스트랄리아 원주민 사이에서 '무지개뱀'이란 세계를 창조한 최고신으로서 남녀 양성(兩性)을 가졌으며 물과 풍요를 담당하고 주술의(呪術醫)들에게 능력을 준다고 믿고 있다. 아프리카 서해안의 요르바족 신앙에서는 무지개란 땅속에 사는 큰 뱀으로 하늘에 나타나는 것은 물을 마시기 위해서라고 한다. 서아프리카의 에베여족(語族) 사이에서는 무지개란 바다 속에 사는 큰 뱀으로 꼬리를 밑으로 하여 해면에 서서 하늘의 물을 마신다고 믿고 있다. 남아프리카 원주민들 사이에 공통적으로 많이 보이는 신화에 의하면 무지개는 본디 조그만 물뱀이었는데 한 소녀에게 사로잡혀

길러지는 동안 마침내 거대하게 자라나 인간을 잡아먹으며 온 세상을 돌아다녔다. 이에 새들이 힘을 합해 이 괴물을 죽였는데 그 피가 깃털에 묻어 새들은 그때부터 저마다 다른 빛깔로 구분되게 되었다는 것이다.

한편 고대에는 무지개란 불길한 현상으로서 결코 손가락질 해서는 안 되는데 북아메리카에서도 다코타족과 호피족 등 사이에서는 무지개를 손가락으로 가리키는 것이 금기로 되어 있다. 유럽에는 무지개 밑을 지나가면 남자가 여자로 여자가 남자로 변하게 된다고 하는 내용의 전설이 있다. 루마니아의 민간신앙에 의하면 무지개의 양 끝은 강에 닿아 있는데 그 끝 쪽으로 기어가 그곳의 물을 마시면 누구나 성(性)이 바뀐다고 한다. 유럽에는 또한 무지개 끝이 닿아 있는 지면에는 황금이 가득 담긴 항아리 등 보물이 있다는 전설도 널리 퍼져 있다. 무지개 끝에 보물이 있다는 신앙은 말레이반도 등에도 보이지만 세망족은 무지개 끝이 닿는 장소를 불길하게 여긴다. 한국에는 무지개와 관련된 전설이나 속담이 매우 많은데 조선시대에는 무지개 현상을 보고 홍수를 예상하는 홍점(虹占)이 성행하였다. 또 선녀들이 깊은 산속 맑은 계곡에 목욕하러 무지개를 타고 지상으로 내려온다는 전설이 있다.

과연 아름다운 무지개를 두고 부동한 민족이나 여러 국가들에서 각기 다른 전설을 가지고 있으니 이것 역시 인류 문화의 찬란한 보물고인가보다.

까치의 전설

까치는 예로부터 우리의 민요나 민속 등에 등장하는 친숙한 새이다. 또 신화에서는 비록 주인공은 못 되어도 성격상이나 구성상 중요한 역할을 맡아 왔다. 중국의 칠월칠석 신화에서는 견우성과 직녀성의 가연을 연결시키는 오작교를 놓아 주고 있다. 조선에서는 아침에 우는 까치를 반가운 소식을 전해 주는 길조로 여겨 마을에서 새끼 치는 까치를 괴롭히거나 함부로 잡는 일이 없었다. 까치는 유럽과 아시아 대륙, 북아프리카와 북아메리카 대륙 서부지역 등 매우 넓은 지역에 걸쳐 분포한다. 열대와 아한대를 제외한 북반구 전역에 산다. 중국, 러시아 연방 연해주, 일본 규슈 등의 지역에 분포한다. 일본에서는 규슈 서북부에만 국한하는

데 도요토미 히데요시[豊臣秀吉]가 1592년 조선을 침략했을 때 일본 규슈로 이식했다는 전설이 있다.

이렇게 까치는 유라시아 대륙의 온대와 아한대 북미주 서부 등지에서 번식하며 한국에서는 제주도와 울릉도를 제외한 전 지역에서 볼 수 있는 텃새이다. 몸길이는 45㎝ 정도로 까마귀보다 작으나 꼬리는 길다. 어깨, 배와 첫째 날개깃 등은 흰색, 나머지 부분은 녹색이나 자색, 광택이 있는 검은색이며 부리와 발도 검다. 인가 부근 활엽수에 둥우리를 틀며 한배에 5, 6개의 알을 낳아 17, 18일간 포란, 부화한다. 부화된 뒤 22～27일이 지나면 둥우리를 떠난다. 다 자란 까치는 거의 번식된 곳에서 생활하나 어린 새는 무리를 지어 잡목림에서 잠을 자기도 한다.

먹이는 새알과 새 새끼, 쥐, 뱀, 개구리, 올챙이 작은 물고기 등의 동물성과 쌀, 보리, 콩, 감자 사과, 배, 복숭아, 포도, 버찌 등을 가리지 않고 먹는 잡식성이다. 1964년 한국일보에서 주최한 "나라 새 뽑기 운동"에서 까치가 영예로운 나라 새로 뽑혔으며 그 뒤 까치를 보호조로 지정하고 포획을 규제하고 있다.

민속과 상징으로 본 까치의 전설은 그야말로 많고도 많다.

까치는 고대로부터 우리 민족과 친근하였던 야생조류로서 일찍부터 문헌에 등장한다. ≪삼국사기≫나 ≪삼국유사≫에 기록된 석탈해신화(昔脫解神話)에는 석탈해를 담은 궤짝

이 떠올 때 한 마리의 까치가 울면서 이를 따라오므로 까치 '작'(鵲)자의 한 쪽을 떼어가지고 석(昔)으로써 성씨를 삼았다는 내용이 있다.

또한 ≪삼국유사≫에는 신라 효공왕 때 봉성사(奉聖寺) 외문 21칸에 까치가 집을 지었다고 하였고 신덕왕 때에는 영묘사(靈廟寺) 안 행랑에 까치집이 34개, 까마귀집이 40개 있었다는 기록이 있다.

또한 보양리목조(寶壤梨木條)에도 보양이 절을 지을 때 까치가 땅을 쪼고 있는 것을 보고 그곳을 파서 예전 벽돌을 많이 얻어 그 벽돌로 절을 지었는데 그 절 이름을 작갑사(鵲岬寺)라고 하였다는 기록이 있다.

또한 까치는 상서로운 새로 알려져 있다. 그래서 "까치를 죽이면 죄가 된다." 속신이 파다하게 전해지고 있으며 "아침에 까치가 울면 그 집에 반가운 사람이 온다."고 한다.

한국의 경기, 충청 등 중부지방에서는 정월 열나흗날 까치가 울면 수수가 잘된다고 믿고 있으며 까치가 물을 치면 날이 갠다고 한다. 또한 호남지방에서는 까치둥우리가 있는 나무의 씨를 받아 심으면 벼슬을 한다는 속신이 있다.

충청도에서는 까치집을 뒷간에서 태우면 병이 없어진다고 하며 까치집 있는 나무 밑에 집을 지으면 부자가 된다는 속신도 중부지역 일원에 널리 퍼져 있다. ≪동의보감≫에는 오래된 까치집은 전광(癲狂: 미친 병), 귀매(鬼魅), 고

독(蠱毒: 뱀, 지네, 두꺼비들의 독기)을 다스리는데 이를 태워 재로 만들면서 숭물(崇物)의 이름을 부르면 낫는다고 하였다.

이처럼 까치는 반가운 사람이나 소식이 올 것을 알리는 새로서 그리고 부자가 되거나 벼슬을 할 수 있는 비방을 가진 새로서 우리 민족에게 인식되었음을 알 수 있다.

세시풍속 중에 칠월칠석은 견우와 직녀가 은하수에 놓은 오작교(烏鵲橋)를 건너서 만나는 날로 알려져 있다. 그래서 칠석에는 까마귀나 까치를 볼 수 없다고 하며 칠석날을 지난 까치는 그 머리털이 모두 벗겨져 있는데 그것은 오작교를 놓느라고 돌을 머리에 이고 다녔기 때문이라고 한다.

이러한 전설에서 오작교는 남녀가 서로 인연을 맺는 다리로 알려졌다. 남원의 광한루에 있는 오작교는 바로 이도령과 성춘향이 인연을 맺은 곳으로 알려져 있다.

한편 경상북도 경기도 서면에는 '까치성'이라는 작은 토성이 있는데 다음과 같은 전설이 전한다. 신라의 김유신이 백제를 공격할 때 군사를 이끌고 그곳에 이르자 이상한 까치가 날아와 진영을 돌다가 대장기 끝에 앉았다.

김유신(金庾信)이 칼을 빼들고 까치를 향하여 호통을 치자 까치는 한 절세미녀로 변하여 땅에 떨어졌다. 그 여자는 백제의 공주인 계선(桂仙)으로 신라군의 동정을 염탐하러 왔던 것이다. 김유신은 계선의 항복을 받은 뒤 진군을 계속했는데 그 뒤로 그 성을 '까치성'이라 부르게 되었다고 한다.

이러한 전설 이외에도 까치에 관한 설화는 많다. "까치의 보은"으로 조사된 설화는 과거 보러 가는 한량이 한 수구렁이한테 잡아먹히게 된 까치를 그 구렁이를 죽이고 살려주었다. 나중에 한량이 죽인 구렁이의 암컷의 보복으로 죽게 되었을 때 머리로 절의 종을 받아 종소리 세 번을 울려 한량을 구하고 까치는 죽었다.

여기에 등장하는 까치는 은혜를 갚을 줄 아는 새로 되어 있다. 경상북도 영주(榮州)에 있는 부석사는 까치가 나무껍질을 물어다 떨어뜨린 곳에 세운 절이라는 이야기가 전한다. 또한 뱀에게 잡아먹히게 된 까치를 구해 준 사람이 뒤에 뱀의 독이 있는 딸기를 먹고 죽었는데 까치가 온몸을 쪼아 독을 제거하여 살아났다는 이야기도 있다.

이와 같이 설화에는 까치가 은혜를 알고 사람의 위기를 구해 주는 새로 나타난다. 민요에도 까치가 등장한다. 아이들이 이를 갈 때 빠진 이를 지붕에 던지며 "까치야, 까치야, 너는 헌 이 가지고 나는 새 이 다오"라는 동요를 부르기도 한다.

아이들의 눈에 티끌이 들어갔을 때도 그것이 나오도록 할 때 노래를 부르는데 거기에도 까치가 등장한다. "까치야, 까치야, 내 눈에 티를 꺼내라 안 내주면 네 새끼 발기 발기 찢겠다." 이 밖에도 까치는 민요와 유행가의 소재가 되고 있다.

까치는 사람이 심어준 나무에 둥지를 틀고 사람이 지은 낟알과 과일을 먹는다. 심지어 사람 흉내까지 제법 낸다. 사람을 가까이하며 학습이나 모방까지 잘하는 지능이 높은 새이기도 하다. 그러나 유럽에서는 우리와 달리 까치를 까마귀와 함께 잡새로 여긴다.

봉숭아 전설

꽃 모양이 마치 봉황새 같다고 해서 우리 조상들이 붙여준 이름이 봉선화이다. 조선에서는 예전부터 봉숭아라고 더 많이 불렀다.

봉선화에 얽힌 전설이 있다.

옛날 옛날 한 옛날, 어떤 여인이 꿈에 선녀(仙女)로부터 봉황(鳳凰)을 받는 태몽을 꾼 후에 딸아이를 낳게 되었다. 그리고 그 딸의 이름을 봉선(鳳仙)이라고 지었다.

봉선이는 어렸을 때부터 거문고 연주 솜씨가 뛰어났다. 천부적인 봉선이의 거문고 솜씨는 급기야 임금님의 귀에까지 들어갔다. 봉선이를 초청해서 그녀의 연주를 들으며 임금님은 만면에 희열이 넘쳤다.

그러던 어느 날 봉선이는 중한 병에 걸리고 말았고 임금님을 위해 마지막 힘을 다해 거문고를 연주했다. 손끝에서 피가 나오는데도 연주를 그치지 않았다. 임금님은 안타까운 나머지 봉선이의 손가락을 천으로 감싸 주었다.

그러나 봉선이는 결국 죽고 말았고 후에 그녀의 무덤에서 피어난 꽃이 있었으니 바로 봉선화였다.

그 후로 이 꽃을 찧어 천으로 손가락에 감싸고 있으면 붉은색으로 물이 든다는 전설이 전해졌다.

서양에도 봉선화에 얽힌 전설이 내려오고 있다.

옛날 그리스의 한 여신이 억울하게 도둑 누명을 쓰고 올림포스 산에서 쫓겨나고 말았다. 자신의 결백을 증명할 수 없었던 여신은 너무나 억울한 나머지 죽어서 봉선화가 되었다. 그래서 봉선화는 요즘에도 조금만 건드리면 열매를 터뜨려서 속을 뒤집어 내보이며 자신의 결백을 주장하고 있다고 한다.

봉선화의 키는 60㎝ 정도이며 잎은 피침형으로 어긋나고 잎 가장자리에 잔 톱니들이 있다. 꽃은 7~8월에 잎겨드랑이에 1~3송이씩 모여 피며 꽃 색깔은 품종에 따라 여러 가지다. 꽃잎과 꽃받침잎은 각각 3장으로 꽃받침잎 1장이 길게 꽃 뒤로 자라 거(距)가 된다. 열매는 삭과(果)로 익는데 만지면 황갈색 씨가 터져 나온다.

봉선화는 인도, 말레이시아, 중국 남부가 원산지로 뜰에 널리 심고 있다. 고려 충선왕 때 손톱에 봉선화를 물들인 궁녀에 대한 전설이 있는 것으로 보아 그 이전부터 있었던 것으로 추정된다. 봉선화 꽃을 백반과 함께 짓이겨 손톱에 동여맨 후 하루가 지나면 곱게 물이 든다.

　봉선화가(鳳仙花歌)라는 작자, 연대 미상의 조선시대 가사도 있다. 봉선화 꽃 이름의 유래와 손톱에 물들이는 풍습 등을 여인의 감정과 연관시켜 노래한 것으로, ≪정일당잡지≫(貞一堂雜誌)에 실려 있다. 1인칭 시점 독백체 서술을 하고 있으며 율격은 4음 4보격 무한연속체이고 가끔 6음보가 나타난다. 처음 내용은 봉선화라는 이름의 유래, 춘삼월에 봉선화를 심는 일 등을 그렸고 길쌈을 끝낸 여름밤에 일하는 아이와 함께 손톱에 봉선화 꽃물을 들인 일, 다음 날 봉선화 꽃물 든 손톱의 아름다움, 봉선화 꽃과 손톱의 빛깔을 비교해 보는 모습을 노래했다. 지은이가 잠깐 잠이 들었는데 꿈에 한 여인이 작별 인사하는 것을 보고 꽃귀신인 것 같아 급히 나가보니 땅위에 봉선화 꽃이 가득 떨어져 있었다. 이를 애석하게 여기면서 봉선화는 다른 꽃과 다르게 여인의 손 위에 오래 남아 절조를 나타낸다고 노래했다.

달과 신화

한국과 중국 그리고 일본에서 전해지는 달의 전설은 서로 부동하면서도 흥미 있는 신화로 엮어졌다. 달은 둥글고 또 이지러지면서도 지속적인 생명력을 발산하나 보다.

:: 한국

__ 연오랑과 세오녀

신라 제8대 임금인 아달라왕이 즉위한 지 4년째 되던 해의 일이다.

동해 바닷가 마을에 연오랑과 세오녀라는 부부가 살고 있었다. 어느 날, 연오랑이 바다에 나가 미역을 따는데 갑자기 웬 바위 하나가 나타나 연오랑을 태우고 바다 건너 일본으로 데려갔다. 연오랑을 본 일본 사람들은 왕으로 추대하였다. 이런 사실을 알 리 없는 세오녀는 남편을 찾아 바닷가로 나갔다. 바닷가를 헤매던 세오녀는 어느 바위 위에 남편의 신발이 놓여 있는 것을 발견했다. 세오녀가 바위 위로 뛰어오르자 바위는 다시 그녀를 업고 연오랑이 있는 일본으로 흘러갔다.

이를 본 일본 사람들은 놀랍고 이상하여 연오랑에게 이 사실을 아뢰었고 연오랑과 세오녀는 다시 만나 함께 나라를 다스렸다. 그런데 연오랑과 세오녀 부부가 일본으로 떠난 후 신라에서는 해와 달이 갑자기 빛을 잃어 온 나라 안이 어둠에 잠기는 괴변이 일어났다. 왕이 점성관에게 까닭을 물으니 "우리나라에 와 있던 해와 달의 정기(精氣)가 이제 일본으로 가는 바람에 이런 변괴가 생긴 것입니다."하고 아뢰었다.

이에 임금은 사신을 보내어 두 사람에게 돌아오기를 청하였다. 그러자 연오랑은 "여기에 온 것은 하늘의 뜻이니 어찌 돌아갈 수 있겠는가! 그러나 짐의 왕비가 가는 비단을 새로 짜 놓았으니 이것을 가져가 하늘에 제사지내면 좋으리라!"하고 비단을 내주었다. 사신이 돌아와 아뢰어 그 말대로 제사를 지냈더니 해와 달이 예전처럼 빛을 발산하였다.

와우산 전설

달맞이고개를 넘어 가는 고갯길 즉 소가 누워 있는 형상이라 하여 일컫는 와우산에 얽힌 전설이 하나 있다.

한국 부산 해운대 어느 양반집 도령이 사냥을 매우 좋아하여 매일 사냥을 나갔다. 어느 날 도령은 와우산 계곡에서 나물을 캐던 미모의 처녀를 만나게 되었다. 도령은 처녀에게 "무슨 짐승을 보지 못했습니까?"하고 물으니 처녀는 못 보았다고 대답하자 도령은 그냥 아쉬운 듯 지나갔다.

한참 후 어디서인지 송아지 한 마리가 다가와 처녀 앞에서 음매 음매 울며 갈 줄 모르더니 처녀의 집까지 따라왔다. 다음날 처녀는 송아지를 데리고 어제 갔던 계곡으로 나물 캐러 갔다. 그런데 이제까지 따라오던 송아지는 간 곳이 없고 어제 만났던 도령이 나타나 내년 정월 대보름날 달이 뜰 때 다시 만나자고 약속했다. 그 후 도령과 처녀는 서로 연모하게 되었고 이듬해 정월 대보름날 달이 뜰 때 다시 만나 달을 보고 서로 부부가 될 수 있도록 소원하여 그 뜻을 이루었다.

이 소문이 나자 그때부터 선남선녀들은 정월 대보름날 와우산에 올라 달에게 그들의 소원을 빌었다고 한다.

:: 중국

오강벌계

오강은 삼년간 선도를 배우기 위해 집을 떠나게 되었다.
그 사이 오강의 처 아녀연부(阿女緣婦)와 염제 신농씨의
손자 백릉(伯陵)이 서로 사통을 하였다. 그녀는 임신한지 3
년 만에 세 아들 고(鼓), 연(延), 수를 낳았다.

오강은 화가 나서 백릉을 죽였다. 이로 인해 태양신 염
제가 노하여 오강을 월궁에 유배시켰다. 염제의 명에 의하
여 그는 잘라도 죽지 않는 월계수를 베게 된 것이다. 월계
수는 자라면 오백장이 되고 잘라도 그 즉시 합하여졌다. 그
는 끝없는 노동의 징벌을 받게 된 것이다.

이로써 오강의 처자와 조우하지만 내심으로는 매우 괴로
운 일이었다. 명에 의하여 그녀는 세 아들과 달 위로 날아
올랐다. 그녀는 오강을 따라서 떠올랐고 하나는 토끼와 두
꺼비로 변하였으며 나머지 하나는 알려지지 않았다.

월하노인

월하노인이란 바로 중매쟁이를 이르는 말이다. 월하노(月
下老)와 빙상인(氷上人)의 고사에서 비롯되었다.

≪태평광기≫(太平廣記) '정혼점(定婚店)'에 보면 당(唐)

나라의 위고(韋固)라는 사람이 여행 중에 달빛 아래서 독서하고 있는 노인을 만나 자루 속에 든 빨간 노끈의 내력을 물었다. 노인은 본시 천상(天上)에서 남녀의 혼사문제를 맡아 보는데 그 노끈은 남녀의 인연을 맺는 노끈이라 하였다. 그리고 위고의 혼인은 14년 후에나 이루어진다고 예언하여 사실 그대로 이루어졌다고 한다.

또 진서(晉書) ≪예술전≫(藝術傳)에 보면 진나라 때 영고책(令孤策)이라는 사람이 얼음 위에서 얼음 밑에 있는 사람과 장시간 이야기를 주고받은 꿈을 꾸어 이상히 생각한 그는 색담이라는 유명한 점쟁이에게 해몽을 청했다. 색담은 영고책이 3, 4월 봄이 되면 남녀의 결혼중매를 하게 될 것이라 풀이하였다. 과연 고을 태수(太守)의 아들과 장씨(張氏) 딸의 중매를 섰다고 한다. 이 두 이야기의 '월하노'(月下老)와 '빙상인'(氷上人)을 합쳐 중매쟁이를 '월하빙인'(月下氷人)이라 말하게 되었다.

__중추절 전설

옛날 옛적에 하늘에 10개의 태양이 나타났는데 그 열기가 너무 심하여 땅에서 연기가 나고 바닷물이 말라붙어 백성들이 더 이상 살아갈 수 없게 되었다. 그러나 얼마 지나지 않아 후예라는 활을 잘 쏘는 영웅이 나타나 곤륜산 꼭

대기에 올라가서 신궁(神弓)을 힘껏 당겨 9개의 불필요한 태양을 쏘아 떨어뜨리고 한 개의 태양만을 남겨 놓았다.

그리하여 큰 공을 쌓은 후예는 백성들의 존경과 사랑을 받았고 많은 사람들이 그의 이름을 듣고 활 쏘는 법을 배우러 오게 되었다. 얼마 후 후예는 아름답고 선량한 상아(혹은 항아)라는 여인을 부인으로 맞아들였다. 후예는 제자를 가르치고 사냥하는 이외에는 매일 부인과 같이 있었는데 사람들은 이 한 쌍의 아름다운 부부를 늘 부러워하였다.

어느 날, 후예는 친구를 만나 함께 도를 구하러 곤륜산에 올라갔다가 서왕모(西王母: 하늘나라의 황후)를 만나 한 번만 먹으면 신선으로 변하여 영원히 살 수 있는 불사약(不死藥)을 얻었다. 서왕모는 그에게 이 약을 먹으면 그 즉시 하늘로 올라가 신선이 될 수 있다고 하였다. 그러나 후예는 부인과 이별하기 싫었기 때문에 불사약을 상아에게 주면서 잘 보관하게 하였다. 상아는 약을 화장대의 백보갑(百寶匣)에 숨겨 두었는데 그것을 제자 봉몽이 알게 되었다.

그로부터 3일 후 후예는 제자들을 데리고 사냥을 나가게 되었는데 나쁜 마음을 먹은 봉몽은 몸이 아프다며 집에 남게 되었다. 후예가 제자들과 함께 떠난 후 얼마 안 되어 봉몽은 보검을 들고 방에 들어와 상아를 협박하여 불사약을 내놓게 하였다. 상아는 자신이 봉몽의 적수가 아님을 알고 백보갑을 열어 불사약을 꺼내 삼켜 버렸다. 상아는 약을 먹은 후 몸이 가벼워지더니 창문 밖 하늘로 날아갔다.

상아는 남편을 잊을 수 없어 땅과 제일 가까운 달에 올라가 신선이 되었다. 저녁에 후예가 집에 돌아오니 시녀들이 울면서 낮에 있었던 일을 알려 주었다. 후예는 놀라고 화가 나서 검을 들고 봉몽을 찾았지만 이미 도망가고 없었다. 비통함에 쌓인 후예가 가슴을 두드리며 하늘을 향해 부인 상아의 이름을 불렀다.

이때 후예는 평소보다 유난히 밝은 달 속에 움직이는 그림자를 보았는데 그 모습이 필시 상아라는 것을 알아차렸다. 후예는 상아가 평소에 좋아했던 과자 과일 등을 차려 놓고 월궁(月宮)에서 자신을 그리워하고 있는 상아에게 제사를 지냈다.

백성들은 상아가 달나라에 올라가서 신선이 된 사실을 들은 후 각자 달밑에서 음식을 차리고 선량한 상아의 안녕을 빌었다. 이때부터 중추절에 달에 제사 지내는 풍속이 민가에서 전해 내려오기 시작했다고 한다.

:: 일본

__ 카구야히메

일본에서 아주 유명한 전래동화라 한다. 전래동화라서 그런지 현재 일본에는 많은 다른 버전의 카구야히메 이야기가 있다. 그중 이 이야기의 전신이라 할 수 있는 것이 다케토리 모노가타리(竹取物語)이다. 10세기 초반 헤이안 시대에 쓰여진 다케토리 모노가타리(竹取物語)는 일본의 모노가타리 장르의 원조로 알려져 있다.

옛날에 대나무를 캐는 할아버지가 있었다. 어느 날 대나무 속에서 세 치밖에 안 되는 너무나 귀여운 카구야히메를 발견하였다. 자식이 없던 할아버지와 할머니는 딸처럼 사랑하게 된다. 그로부터 할아버지는 대나무를 캘 때마다 금은 보화가 나와 금방 부자가 된다.

카구야히메는 3개월 만에 눈부시리만큼 아름다운 아가씨로 성장한다. 그 소문을 듣고 많은 구혼자가 몰려드는데 웬일인지 카구야히메는 결혼하려 하지 않는다. 할아버지가 결혼할 것을 간청하자 카구야히메는 승낙 조건으로 5명의 구혼자에게 진귀한 보물을 가져오도록 하지만 보물을 찾아 나선 5명 모두 실패하고 만다.

이 소문은 천황 귀에까지 들어가 드디어 천황도 카구야히메의 구혼자로 나선다. 카구야히메는 천황이 궁중으로 데려가려 하자 연기가 되어 사라져 버린다.

그러던 중 언제부터인가 카구야히메가 달을 쳐다보며 울기에 노부부의 시름이 여간 아니었다. 드디어 그 연유를 들어본 즉 그녀는 원래 달나라 사람으로 죄를 지어 그 벌로 잠시 지상에 왔던 것이었다. 하지만 이젠 죄를 다 갚았기에

오는 8월 15일 보름달이 뜨면 달나라 사신이 데리러 온다
고 하였다. 슬픔에 쌓인 할아버지는 천황에게 그 사실을 알
리고 천황은 달나라의 사신을 물리치려고 병사들을 풀어
카구야히메를 지키지만 달나라 군사의 신비로운 힘에는 도
저히 겨룰 수가 없었다.

달나라로 떠나기 전 카구야히메는 할아버지와 천황에게
편지와 불사약을 준다. 상실의 아픔으로 노부부는 병이 들
고 천황은 그녀가 남긴 편지와 불사약을 일본에서 제일 높
은 산에 가서 태우도록 하는데 그 연기가 아직도 피어오르
고 있다는 것이다. 즉 후지산은 불사약의 후지(不死)와 병
사가 많다는 후지(富士)의 의미인 것이다.

달래고개 설화

근친상간(近親相姦)의 금기 때문에 오누이가 죽었다는 설화이다.

달래강 설화 또는 달래산 설화라고도 한다. 사건이 일어났다는 고개나 강에 '달래나 보지'라는 말이 결부된 지명 전설로서 사람들에게 널리 알려져 있다.

옛날 어느 남매가 함께 고개를 넘어가다가 소나기를 만났다. 얇은 옷이 비에 젖어 누이의 몸이 드러나자 오라비는 성적 충동이 일어났다. 그러나 그는 누이에게 그런 감정을 느꼈다는 것이 죄스러워 남근(男根)을 돌로 찍어 죽었다.

앞서 가던 누이가 인기척이 없음을 느끼고 되돌아가 보았더니 오라비는 피를 흘리고 죽어 있었다. 사정을 알게 된

누이가 "달래나 보지. 왜 죽었느냐?"고 하면서 오라비를 따라 죽은 뒤로 그 고개를 '달래고개'라고 불렀다고 한다.

설화에 따라 등장인물은 오라비가 아니라 남동생이기도 하고 남매가 아니라 아저씨와 조카 사이이기도 하다. 남자만 죽는 경우도 있고 두 사람이 모두 죽는 경우도 있다. 지명의 유래에 대한 설명 부분에는 인간의 본능과 윤리적 가치관에 대한 인간적 물음이 집약되어 있다. 그런 점에서 이 설화에는 전설 특유의 규명적 인식이 잘 나타나 있다. 표면적으로 볼 때 남매의 죽음은 이야기 집단의 윤리의식이 강화됨으로써 나타난 응징의 결과로 볼 수 있다.

문 │ 근친혼인이란?

답 │ 근친혼인이란 가까운 친척이나 인척 사이에 하는 혼인이다. 조상들은 이에 대해 매우 엄한 법을 가지고 있다. 이는 조선시대 이래의 유교적 가치관에서 나온 것으로 보이나 조상들의 상고시대의 결혼관은 근친혼인에 대해 상당히 너그러웠다.

문 │ 구체적으로 어떤 자료로 증명할 수 있나?

답 │ 최남선은 《조선상식문답》에서 "혼인의 제도는 시대와 사회를 따라서도 같지 않은 것이니 어느 것이 꼭 옳고 그르다는 말은 하기 어렵다. 동성끼리 통혼을 꺼리게 된 지금은 근친 간 혼인이란 말부터 해괴하기 짝이 없지만 그때에는 또한 그때만큼 이유가 있어서 이러한 법례가 있던 것이다."고 지적했다.

문 | 동성혼은 언제부터 성행하였는가?

답 | 동성혼의 법은 대개 원시사회의 시대에 어느 씨족이 다른 씨족과 접촉할 인연이 없어서 자연 같은 씨족끼리 혼인을 행하다가 뒤에 다른 씨족과 맞닥뜨리면 둘이 서로 싸우게 되어 결국 정복자와 피정복자의 관계가 생기게 된다. 그러면 정복자 편이 그들의 혈통과 세력을 온전히 보존할 필요에서 의식적으로 다른 씨족과의 통혼을 금하는 데서 이 풍습이 나온 것이다.

문 | 신라시대에 이미 근친결혼을 반대한 풍조가 생겼다는데 정말인가?

답 | 신라시대에는 귀족사회에 성골(聖骨)과 진골(眞骨)의 구별이 있어서 성골인 왕족은 성골끼리만 결혼하고 진골하고는 피를 섞지 못했다. 보통 왕을 조카딸과 내외종 누이에게 장가들였다. 고려시대에도 왕실에서 근친혼을 원칙적으로 행하여 후에 몽고 장가를 들기 전의 20대 임금 가운데 15명의 임금이 모계가 다른 친누이와 사촌누이 또는 조카딸들과 혼인했다. 이는 왕족의 혈통을 순수하게 지켜나가려는 의도에서 나온 것이었다.

문 | 근친혼인을 반대해 온 우리 조상님들의 지혜를 엿볼 수 있다. 근친결혼을 거부해 온 그 역사의 내막을 더 잘 알자면 결혼관습과 법을 살펴볼 필요가 있다고 보는데······.

답 | 옛날부터 모든 인간사회에는 일정한 결혼 형태가 존재해 왔다. 결혼의 중요성은 잘 다듬어지고 복잡하게 짜여진 법과 결혼의식에서 찾아볼 수 있다. 이러한 법과 의식은 사회나 문화조직만큼이나 다양하고 많지만 보편적인 요소들도 없지 않다. 결혼의 주요한 법적 기능은 한 공동체 안에서 자녀의 권리를 보장하고 혈연관계를 정하는 데 있다. 결혼은 보편적으로 자손에게 합법적인 지위를 주며 상속권을 비롯하여 그 사회의 전통에 따라 정해진 다양한 특권을 누릴 수 있는 자격을 준다. 또한 장래에 배우자로 삼을 수 있는 사람들의 범위를 비롯해서 자손에게 허용할 수 있는 사회관계를 규정하기도 한다.

문 | 오늘날에 와서 결혼은 자유로운 선택의 문제가 되었으며 사랑을 결혼과 결부시키게 되었다. 이 문제를 어떻게 봐야 적절할까?

답 | 그러나 낭만적인 사랑이 결혼의 1차적 동기가 된 적은 거의 없었으며 대부분 사회에서는 결혼 상대자를 정하는 일을 조심스럽게 규제해 왔다. 가까운

가족과 성관계를 갖는 근친상간은 어디서나 금지 되어 있다. 어디까지를 근친으로 보는가는 사회에 따라 다르며 각 사회의 친족관계, 곧 가장 복잡한 형태로 손꼽히는 사회학적인 조직의 체계에 따라 달라진다. 그러나 어머니와 아들 또는 아버지와 딸 이 성관계를 갖거나 결혼하는 것은 어느 곳에서나 예외 없이 금지되고 있다.

문 | 근친상간은 원시사회에서나 현대사회에서나 대체로 비난의 대상이 되었다. 그렇다면 각 문화권마다 이 를 동일하게 규정하는가?

답 | 아니다. 다르게 규정하고 있다. 일반의 용인을 받지 못하는 이외의 성적 표현 형태들은 현대 사회에서 다양한 방식으로 취급되며 이를 형법상 규율하는 나라도 있다. 마치 살인죄를 징벌하듯 말이다. 살인 은 모든 문명사회에서 범죄로 간주된다. 그러나 문 명사회 내에서도 원시종족들이나 친족공동체들은 살인을 비교적 사적인 문제로 취급해 관련 친족집 단이 처리하도록 하는 경우도 있다. 따라서 영아살 해, 사람사냥, 고령의 노인살해 등과 같이 어떤 사 회에서는 관습상 행해지는 고의적인 살인행위가 다 른 사회에서는 살인죄라는 범죄행위로 규정될 수 있다. 이처럼 근친결혼은 부동한 문화범주에서 역 시 대체적으로 부정을 받는 것으로 알려졌다.

문 | 일반적으로 원시종족들은 문명사회의 사람들에 비해 사회규범에 대한 침해를 범죄라기보다 불법행위로 취급하는 경향이 있다고 한다. 그 구체적 표현은?

답 | 그들은 규범 침해자의 정신 상태나 의도 등을 중시하지 않으며 그 책임에 있어서도 집단 전체에 관해 평가하여 통상 형벌을 엄격하게 개인적으로 부과하는 현대 형법의 입장과 구별된다. 선사시대에는 부족들마다 관습이 매우 다양하고 유죄를 결정하는 방법이 현대의 형사재판과 매우 달라서 현실적인 증거와 관계없는 많은 것들, 즉 종교의식상 선서 신판(神判 ordeal), 마법적 방법 등으로 유죄여부를 가렸다. 정신분석학의 창시자인 프로이트의 주장을 알아보면 좋을 성싶다.

문 | 이상에서 우리는 근친혼이나 근친상간의 위해성 내지 그 폐단을 살펴보는 것으로 동방예의지국의 자존을 조명해보았다. 우리 민족의 전통예절과 미풍양속을 대를 이어 키워 나갈 것을 바라마지 않는다.

답 | 유구한 역사와 찬란한 문화를 가진 우리민족의 우수한 문화전통이 선사시대에나, 현대에나, 그리고 앞으로도 내내 무궁하게 꽃피길 바란다.

 김치

김치는 조선족들이 가장 즐겨 먹는 부식물(副食物)의 하나이다. 예전에는 김치를 지(漬)라고 불렀다. 고려시대 이규보의 ≪동국이상국집≫에서 김치 담그기를 감지(監漬)라고 했고 1600년대 말엽의 요리서인 주방문(酒方文)에서는 김치를 지히[沈菜]라 했다. 지히가 '팀채'가 되고 다시 '딤채'로 변하고 '딤채'는 구개음화하여 '짐채'가 되었으며 다시 구개음화의 역현상이 일어나서 '김채'로 변하여 오늘날의 '김치'가 된 것이다.

1715년 홍만선(洪萬選)의 ≪산림경제≫에서는 지히와 저(菹)를 합하여 침저(沈菹)라 했다. 지금도 한국 남부지방 특히 전라도지방에서는 고려시대의 명칭을 따서 보통의 김치를 지(漬)라고 한다. 그리고 무와 배추를 양념하지 않고 통으로 소금에 절여서 묵혀 두고 먹는 김치를 '짠지'라고 하는데 황해도와 함남지방에서는 보통 김치 자체를 '짠지'라고 한다.

상고시대의 김치로는 순무, 가지, 죽순 등을 소금, 소금과 술, 소금과 누룩, 장류 등에 절여 지금의 장아찌인 염지(鹽漬)와 같은 상용식품으로 대비하였다. 고려시대의 김치는 신라 고려로 오는 동안 동치미, 나박김치와 같은 국물로 먹을 수 있는 침채(沈菜)를 개발하여 짠지와 함께 병용한 것으로 추정된다. 산갓김치, 오이지, 나박김치 등은 담백한 채소를 소금에 절이거나 소금물에 천초(川椒)를 섞어 담근 것인데 이 같은 채소 절임은 신라와 고려시대 숭불사조(崇佛思潮)를 배경으로 상고시대의 것보다 청량한 맛이 새롭게 개발된 것이다.

장아찌류[鹽漬系]가 염장 중에 채소의 수분이 빠지면 당분이나 비타민 등도 함께 빠져 소실되는 데 비해 나박김치류는 채소의 영양분이 김치국물로 옮겨진 채로 먹을 수 있다. 즉 동치미, 나박김치류의 개발은 채소가공저장의 획기적인 발전이다.

조선시대의 김치는 다음과 같다. 고추가 한국에 전래된 것은 1600년대 초엽이다. 1613년 이수광의 ≪지봉유설≫은 고추가 일본에서 건너와 재배되고 있음을 보여 주고 1715년

≪산림경제≫에 고추를 남초(南椒)라고 하여 문헌상에 최초로 재배법을 기록하고 있다. 1600년대 말엽, 김치 가운데 고추를 쓴 것은 하나도 없고 무, 배추, 고사리, 청대콩 등의 김치와 소금에 절인 무 뿌리를 묽은 소금물에 담근 동침(凍沈: 동치미)이 있었다.

또 무염침채(無鹽沈菜)는 무에 많은 물을 넣고 4일쯤 두어서 거품이 일면 즙을 버리고 다시 맑은 물을 넣은 것으로 추운 곳에서 담는 김장이다. 자(젓갈·식해)는 생선을 소금, 밥과 함께 숙성시켜 산미(酸味)가 생기기를 기다려 먹는 것이다. 후세에는 쌀, 누룩, 소금, 기름을 써서 생선을 숙성시켜 이를 자채(菜: 식해형 김치)라 하였다. 함경도에서는 식해를 담글 때 무를 함께 섞기도 하며 산갓김치, 부추김치가 보일 뿐 지금의 김치는 없었다. 자

1800년대 ≪규합총서≫에 적혀 있는 김치 담그는 법에서도 고추를 썰어 다른 양념과 함께 켜켜이 넣었을 뿐이다. 1900년대 말경까지도 김치 담그는 법은 채소 그 자체의 맛을 살려 청담한 맛을 내는 데 불과했으며 향신료는 마늘 생강, 천초, 파 등을 넣고 고추를 썰거나 저며서 켜에다 섞은 '섞박지' 유형의 김치였다. 지금과 같은 배추통김치가 생긴 것은 배추가 개량, 발달된 근대에 이르러서이며 그 이전에 배추김치는 없었다.

김치는 계절과 지방에 따라 다음과 같이 나뉜다. 봄철에

는 나박김치, 햇배추김치, 돌나물김치, 오이 철에는 오이소박이 오이지, 여름철에는 열무김치, 여름이 갈 무렵이면 가지김치, 시금치김치, 겨울 김장철에는 통김치, 보쌈김치, 동치미, 파김치, 갓김치, 고들빼기김치, 깍두기, 짠지를 담그며 간장을 넣어서 담그는 장짠지, 전복에 유자 배를 곁들인 전복김치, 생선과 육류로 지미(旨味)와 영양가를 높인 어육김치가 있다. 각 지방의 향토음식 중 향토김치를 보면 호남지방의 고들빼기김치, 개성의 보쌈김치, 공주지방의 깍두기를 들 수 있다.

공주깍두기는 네모지게 골패짝처럼 썬 무를 재료로 한다. 정종(正宗)대에 홍현주(洪顯周)의 부인이 처음 만들어 왕에게 바쳤고 공주지방에 낙향한 정승(政丞)이 깍두기를 민간에 퍼뜨렸기 때문에 공주깍두기란 이름이 나왔다. 겨울 깍두기는 크고 두껍게, 봄 깍두기는 얇게 썰며 여름 깍두기는 새우젓을 넣지 않고 소금만으로 간을 맞추어 담백한 맛을 내어 담그면 깨끗하다. 기후가 추운 고장에서는 깨끗하게 잘 삭은 젓갈의 날젓국을 그대로 써서 젓갈의 효소작용을 이용하여 김치의 맛을 향긋하게 하며 더운 고장에서는 반드시 젓갈을 달여서 썼다. 김치에 넣는 젓갈은 조기젓, 새우젓, 멸치젓, 황석어젓 등이 보편적이나 깍두기에는 주로 생굴젓, 창란젓을 쓰기도 한다.

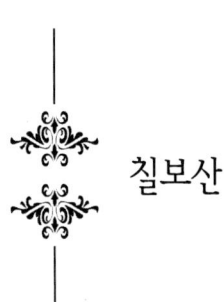 칠보산

칠보산은 조선 함경북도 명천군에 있는 산이다. 높이 659m
이다. 신생대 제3기에 형성된 백두화산대의 일부이며 주위에
상매봉(1,103m), 천덕봉(985m), 문바위산(695m) 등이 있다. 남
쪽 화대천과 북쪽 어랑천 사이에 기암준봉을 이루며 솟아 있
고 동쪽으로는 동해와 잇닿아 있다. 경치가 뛰어나 함경북도
의 금강이라고도 하며 동쪽 사면으로는 보촌천, 포하천 등이
흐르고 있다. 화산활동으로 형성되어 지질은 현무암, 알칼리
조면암 등으로 이루어져 있다.

칠보산은 오랜 세월 동안의 풍화침식 작용으로 기묘한
형상을 이루고 있다. 도내에서 강수량이 가장 많은 곳으로
연강수량은 900~1,000㎜이다. 식물상이 매우 풍부하여 소

나무를 비롯한 침엽수림과 떡갈나무, 신갈나무, 피나무 등의 활엽수림, 신의대 약밤나무, 돌가시나무 등의 남방계통 식물이 자라고 있다. 그 밖에도 머루, 다래 등을 비롯한 산과일과 버섯, 약초, 산나물 등이 풍부하다. 또한 멧돼지, 노루, 족제비, 너구리 등이 서식하고 있어 1976년 이 일대가 자연보호구로 지정된 이래 한결 보호를 받고 있다.

칠보산은 지역과 경관에 따라 내칠보, 외칠보, 해칠보의 3지역으로 구분한다. 황곡리 청학동에서 수림이 울창한 비탈길을 따라 올라가면 박달령이 있으며 이곳에서 제일 가깝게 보이는 기암절경이 내칠보이다. 가을 단풍이 특히 뛰어난 내칠보는 볏짚을 쌓아 놓은 듯한 노적봉, 사자가 웅크리고 앉은 모습인 만사봉, 많은 사람들이 줄을 지어 가는 듯한 나한봉, 종을 거꾸로 달아 놓은 듯한 종각봉, 천불봉 등의 5봉과 만월대 무희대 배바위, 조아봉 등이 솟아 있다.

개심대와 승선대에서는 일대를 한 눈에 볼 수 있으며 해돋이로 유명한 해망대 붉은색으로 되어 해불봉이라고도 하는 금강봉, 회상대 필봉, 도장바위 등의 기암과 금강담의 아름다운 경치, 칠보산폭포 등 절승을 이루는 곳이 많다. 고적으로는 개심사가 있으며 개심사약밤나무(조선 천연기념물 제26호)가 있다.

청계골에 자리 잡은 칠보산휴양소는 휴양각, 편의봉사시설, 문화시설을 갖추고 있으며 4월 중순에서 10월 중순까지는 휴양생을, 12월에서 2월까지는 농민들도 받아들이고 있다. 내칠보에서 해칠보로 가는 길에 펼쳐진 외칠보는 양쪽에 솟은 웅장하고 기묘한 산들과 울창한 혼합림, 폭포, 담 등이 조화를 이루고 있다. 학이 금방 날개를 펴고 날 것만 같은 형상의 학무대 수많은 새가 날아드는 모양을 한 곳에 모아 놓은 듯한 만물상, 그 밖에도 우거진 숲속에 높이 솟은 가람봉, 맹수봉, 기적봉 등이 있다.

동쪽 기슭의 새길령고개를 넘으면 황진온천이 있다. 해칠보는 바닷가의 깎아지른 듯한 절벽과 바위, 해식동굴, 달문, 돌섬 등으로 이루어진 절승지이며 황진리에서 무수단까지의 뱃길로 볼 수 있다. 바다 가운데 솟은 기둥바위, 병풍처럼 둘러 있는 절벽, 무지개바위, 촉봉, 솔섬, 줄바위 등 수많은 기암과 울창한 송림, 푸른 물결의 조화가 아름답다.

명천읍에서 버스가 운행되며 어랑군 어대진에서는 뱃길을 이용할 수 있다.

명천과 칠보산을 하나로 떠올려 본다.

야래자형 설화

　야래자형 설화는 처녀(또는 과부)에게 밤이면 정체를 알 수 없는 한 남자가 몰래 들어와 자고 가곤 해서 그로 인해 잉태하여 비범한 아들이 태어난다는 이야기이다.

　남자의 정체는 뱀, 지렁이 등이 대부분이고 동삼(童參)이나 절구공이일 때도 있다. 이 설화는 오랜 세월에 거쳐 전승되고 신화, 전설, 민담 등 다양한 갈래로 존재한다. 먼저 신화에는 《삼국유사》 기이편에 수록된 후백제의 시조 견훤의 이야기가 있다.

　옛날 광주 북촌의 한 부잣집에 용모가 단정한 딸이 하나 있었는데 아버지께 말하기를 "밤이면 붉은 옷을 입은 남자가 침실에 들어와 자고 아침이면 사라진다."고 했다. 아버지가 긴 실을 바늘에 꿰어 두었다가 남자의 옷에 찔러 두라고 했다. 그대로 했다가 날이 샌 뒤에 그 실을 따라가 보니 북쪽 담 밑에 사는 큰 지렁이의 허리에 바늘이 꽂혀 있었다.

그로부터 임신하여 아들을 낳았는데 15세에 이르자 자칭 견훤이라 하고 왕위에 올라 완산군(完山郡)에 도읍했다.

전설로는 충남 연기군 서면 쌍유리에 전해 오는 '수리산 전설'이 대표적이다. 이야기의 내용은 견훤의 출생담과 대동소이하다. 여기서의 야래자는 큰 뱀으로 근처의 비암골(뱀골), 비암절(뱀절) 등의 지명과 연결된다. 일본의 ≪삼륜산식전설≫(三輪山式傳說)과 내용이 흡사하며 지리적 조건도 무척 흡사하다.

≪수리산전설≫에서 태어난 아이는 그 마을의 수호신이 되었고 ≪삼륜산식전설≫의 주인공은 나라를 세웠다고 전한다. 민담에서는 야래자가 동삼, 절구공이 등으로 나타나고 아들을 낳는 결말이 없는 경우가 많다.

이 이야기는 애초에는 수신(水神) 계통 집단의 신화로 한반도의 남서부에서 생긴 것이 여러 지역으로 전파되면서 전설, 민담화되었고 일본에도 전해진 것으로 추정된다. 견훤은 후백제를 건국하면서 백제의 고토에서 전해 오는 수신 계통의 신화를 자신의 출생배경으로 끌어온 것으로 보인다. '무왕설화'도 야래자형설화 유형으로 추측되고 있다.

신선 설화

    신선 설화는 장생불사(長生不死)의 도를 터득한 이인(異人)에 관한 이야기이다.

    민간에 유포된 신선사상을 바탕으로 형성되었다. 신선사상은 기(氣)는 고정불변의 것이 아니라 유동적이어서 개체변환이 가능하다는 도가(道家)의 기화우주관(氣化宇宙觀)에 근거한다. 평범한 사람도 명상, 적선(積善) 등의 정신수련과 복약(服藥), 호흡훈련, 방중술(房中術), 도인(導引) 등의 육체수련을 통해 불사(不死)의 완전한 존재가 될 수 있다고 본다. 조선에 도교가 전래된 것은 삼국시대인데 신선사상은 종교로서의 도교와 상관없이 민간에 설화 형태로 계승되었다.

    조선 신선 설화의 특징은 득선설화(得仙說話)가 드문 것이다. 중국의 신선 설화는 득선에 관심이 많아 수련과정을 구체적으로 그린 것이 많이 전하지만 조선의 경우는 거의 없다.

중국의 신선 설화는 장생불사에 역점을 두었지만 조선은 도술적인 요소에 더 관심을 두었다. 넓은 범주에서 신선 설화는 이인설화에 포함된다. ≪삼국유사≫에는 중국 제실(帝室)의 딸인 사소(娑蘇)가 신선의 술(術)을 얻어 신라에 와서 지선(地仙)이 되었다는 ≪선도성모설화≫(仙桃聖母說話)를 비롯해서 여러 편의 신선설화가 전하는데 신선사상과 불교가 습합된 양상을 보여 준다.

주로 민간에서 구전으로 떠돌던 신선 설화는 16세기 선풍(仙風)의 유행에 힘입어 17세기에 들어와 ≪어우야담≫, ≪지봉유설≫, ≪청강쇄어≫, ≪죽창한화≫, ≪송와잡설≫ 등의 설화집에 실렸다. 이들 설화집에는 신선 만난 이야기, 선경(仙境) 다녀온 이야기 등이 많이 보인다.

신선 설화는 허균에 의해 ≪장생전≫, ≪장산인전≫, ≪남궁선생전≫ 등의 신선전으로 형상화되었다. 홍만종은 신선 설화집 ≪해동이적≫(海東異蹟)을 편찬했다. ≪해동이적≫은 단군을 시조로 해서 강감찬, 곽재우, 김시습, 서경덕, 전우치, 남사고 같은 도술가로 이어지는 40명의 선인(仙人)을 32편의 전(傳)에 담았다.

이 책은 17세기 중엽까지의 신선 설화를 총정리했기 때문에 유향의 ≪열선전≫, 갈홍의 ≪신선전≫에 비견된다는 평가를 받았다. 18세기 이후 신선 설화는 신선전의 형태로 다양하게 나타난다. 후기로 갈수록 신선에 대해 신비하게 파악하기보다는 합리적 사고 위에서 신선으로 불리는 무리의 삶을 객관적으로 형상화시켜 이들을 통해 사회현실의 병폐를 드러내는 경향이 있다.

≪김신선전≫을 쓴 박지원, ≪조신선전≫을 쓴 정약용은 실학의 두 거봉으로 신선사상에 동조하지 않으면서 세속에서 신선으로 불리는 불우한 이인을 입전(立傳)시켜 당대 사회를 풍자했다.

금척 설화

금척 설화는 미천한 사람이 꿈에서 "금으로 된 자"(金尺)
를 얻어 높은 지위에 오르게 된다는 이야기이다. 문헌을 중
심으로 전하는 설화는 왕의 등극과 관련된 국가신화이며
구비전승되는 설화는 백성의 성공을 그린 민담이다.

문헌설화는 "금척원의 유래", "몽금척"(夢金尺) 등으로도
불리며 구전설화는 "꿈 잘 꾸어 임금의 사위가 된 머슴",
"금대야 은대야" 등으로도 불린다.

두 설화는 신라왕이 금척을 얻은 것과 관련된 금척원 유
래담에서 비롯되었다. 문헌설화는 조선시대에 들어와 이성
계의 역성혁명(易姓革命)을 합리화하기 위해 자주 인용된
것으로 보인다.

금척은 왕권을 뜻하는 상징성이 강하다. 하나의 설화가 표현매체 및 향유층에 따라 그 기능과 세계관이 얼마나 달라질 수 있는지를 보여 주는 설화이다. 문헌설화는 왕권 강화를 위한 신화체계로 인식되어 온 것이다. 이렇게 등장한 금척이라는 제재는 설화뿐만 아니라 악장(음악, 문학), 당악정재(무용, 음악, 문학), 용비어천도(그림), 한시 나아가 금척대훈장에 이르기까지 여러 장르에 걸쳐 거듭 나타난다. 이에 비해 구전설화는 원래의 설화에 나오는 소재들을 모두 받아들이면서 신화의 한정성을 깨고 민담화한 것이다.

구전설화는 하층민이 신분상승을 꿈꾸는 이야기로 변모되었으며 살아 있는 사람의 풍요로운 삶에 모든 관심을 기울인다. 또 문헌설화와 구성이 같지만 병치료와 생명부활이라는 금척 자체의 기능이 부각되어 있다.

# 만파식적 설화

만파식적 설화는 나라에 근심이 생길 때 불면 평온해졌다는 신기한 피리에 대한 설화이다.

신라 제31대 신문왕이 아버지 문무왕을 위해 동해안에 감은사(感恩寺)를 지었는데 다음해 작은 산 하나가 감은사 쪽으로 떠내려오고 있다는 전갈이 있었다. 점을 친 일관은 해룡(海龍)이 된 문무왕과 천신(天神)이 된 김유신이 왕에게 성을 지키는 보배를 주려는 것이니 해변에 가서 받으라고 했다.

왕이 기뻐하며 이견대(利見臺)에서 바다에 떠 있는 산을 바라보다가 사람을 보내 살펴보니 산의 모양이 거북의 머리와 같은데 그 위에 대나무 한 줄기가 있어 낮에는 둘이 되고 밤에는 하나가 되었다.

다음날 대나무가 하나가 되자 7일 동안이나 천지가 진동하고 비바람이 몰아쳤다. 바람이 자고 물결이 평온해지기를 기다렸다가 왕이 그 산에 들어갔더니 용이 검은 옥대(玉帶)를 가져와 바쳤다.

왕이 산과 대나무가 갈라지기도 하고 합해지기도 하는 이유를 물었다. 용은 그것이 소리로서 천하를 다스릴 상서로운 징조라고 하며 대나무가 합해졌을 때 베어다 피리를 만들어 불면 천하가 평화로울 것이라고 했다.

왕이 사람을 시켜 대나무를 베어가지고 나오자 산과 용이 갑자기 사라졌다. 왕이 그 대나무로 피리를 만들어 월성 천존사에 두었는데 이것을 불면 적이 물러가고 병이 낫고 비가 올 때는 개이며 바람과 물결도 잠잠해졌다. 그래서 이 피리를 만파식적이라 하고 국보로 삼았는데 효소왕 때 기이한 일이 일어나자 만만파파식적이라고 했다.

이 설화는 신문왕이 만파식적을 얻게 되는 신비체험을 기록한 것이다. 만파식적은 환웅의 천부인(天符印), 진평왕의 천사옥대(天賜玉帶), 이성계의 금척(金尺) 등과 같은 성격의 신성징표이다.

신문왕은 정치적 힘의 부족을 해결하기 위해서 왕권의 정통성과 신성성을 확립하고 지배계층의 동질성을 재확인해야 했다. 따라서 삼국통일의 업적을 이룩한 아버지 문무

왕과 김유신을 등장시켜 왕권을 강화시킬 수 있는 신물(神物)설화를 만든 것으로 보인다.

이 설화는 ≪삼국유사≫의 만파식적조, 백률사조(栢栗寺條), 원성대왕조(元聖大王條)에 기록되어 있고 ≪삼국사기≫, ≪신증동국여지승람≫, ≪동사강목≫ 등에도 단편적으로 기록되어 있다.

금강산

금강산은 외금강, 내금강, 해금강 지역으로 나뉜다. 높이 1,638m, 동서폭 40km, 남북길이 약 60km, 넓이는 약 530㎢에 이른다. 태백산맥 북쪽에 솟아 있으며 세계적인 명산이다.

금강산은 주봉인 비로봉을 비롯하여 옥녀봉, 월출봉 등이 남북으로 길게 뻗어 있으며 주봉에서 갈라진 줄기와 봉우리들이 동서로 연이어 있다. 동쪽은 급경사로 남강, 온정천 등이 흐르고 서쪽은 비교적 완경사를 이루며 금강천과 동금강 등이 흐른다.

신생대 제3기 중신세 이후 진행된 경동성요곡운동(傾動性曲運動)에 의해 기본 형태가 이루어졌다. 화강 편마암 등 화강암류로 되어 있으며 오랜 지질시대를 거쳐 융기와 풍화 및 삭박작용을 받는 과정에서 수직절벽, 기암괴석 등을 형성하였다.

금상산 기후는 동해안에 인접하여 비교적 습윤하고 따뜻하지만 높이와 동서 사면의 위치에 따라 차이가 나타난다. 동해의 영향을 많이 받는 해금강에서 외, 내금강 쪽으로 가면서 기온은 점차 낮아진다. 강수량은 동사면의 해금강에서 외금강 쪽으로 가면서 많아지고 서사면의 내금강은 적으나 전반적으로는 강수량이 풍부한 편이다. 무상기일은 약 150일 정도이며 봄, 가을에 동쪽 사면에서는 무덥고 메마른 초속 40m 이상의 바람이 분다. 이곳은 남방, 북방 계통의 식물들이 바뀌는 지대이며 식물상이 매우 다양하고 풍부하여 대자연식물원과도 같다. 금강국수나무, 금강초롱 등의 희귀식물과 고산식물 등 750여 종이 자라고 있으며 대표적인 수종은 소나무, 전나무 등 침엽수림과 단풍나무, 벗나무 등의 활엽수림이다. 또한 노루, 산양 등 많은 짐승류와 조류가 서식한다.

금강산의 절경을 이루는 일만이천 봉우리, 기암, 폭포, 호수, 담(潭), 섬, 식물, 전망대 등 수많은 대상들이 천연기념물로 정해져 있다. 이 가운데 대표적인 천연기념물은 비로봉, 천선대 총석정, 명경대 해금강문, 구룡폭포, 솔섬, 금강국수나무 등이다. 계절의 아름다움과 정취가 각각 달라 봄에는 온갖 꽃이 만발하여 화려하고 산수가 맑기 때문에 금강산,

여름에는 온 산에 녹음이 물들어 봉래산(蓬萊山), 가을에는 단풍이 들어 풍악산(楓嶽山), 겨울에는 기암괴석의 산체가 뼈처럼 드러나므로 개골산(皆骨山)이라 한다.

금강산은 예부터 삼신산(三神山)의 하나로 꼽혔다. 신라시대 화랑도들이 심신을 수련했던 곳이며 불교도들의 순례지이기도 하였다. 일만이천 봉우리들이 천태만상의 기암괴석으로 이루어졌고 깊은 계곡을 따라 흐르는 맑은 물은 특이한 산악미와 계곡미를 이룬다.

외금강은 비로봉을 중심으로 남북으로 솟은 중앙 연봉들과 해안을 따라 길게 펼쳐진 해금강 사이에 있는 명승지역이다. 북쪽 백정봉에서 남쪽 은선대에 이르는 넓은 지역을 차지하며 웅장한 산악미를 보여 주는 수정봉, 오봉, 옥녀봉 등의 수많은 봉우리, 구룡동, 한하계 등의 이름난 계곡, 크고 작은 폭포와 담소, 울창한 숲 등이 어우러져 있다. 구룡동계곡은 세존봉의 북서쪽 골짜기에 있는 명승지이다. 구룡폭포는 높이 74m, 길이 84m, 폭 4m로 개성의 박연폭포, 설악산의 대승폭포와 함께 조선 3대 폭포의 하나이다.

옥녀봉의 아름다운 연봉을 배경으로 하여 높고 넓은 벼랑에서 떨어지는 폭포수는 매우 웅장하며 세차다. 아래에는 9마리 용이 살았다는 깊이 13m의 구룡연, 폭포 위에는 8개의 맑고 푸른 못인 상팔담이 있다. 높이 50m의 옥류폭포, 금강산의 담소 가운데 제일 큰 옥류담, 2개의 파란 구슬을 연달아 꿰어 놓은 듯한 연주담 등이 계곡을 화려하게 장식하고 있다. 한하계곡은 물과 수목이 거의 없는 곳으로 이름처럼 차가운 안개가 절경을 이룬다. 골짜기를 따라 오르면 깎은 듯한 층암절벽과 기암괴석들로 세상만물을 한곳에 모은 듯한 특이한 경치를 보여 주는 만물상이 있다.

수정봉 지역은 온정천 중류 연안에 위치하며 수정봉, 바리봉, 수정문, 금강굴 등이 있다. 특히 수정문은 높이와 폭이 각각 10m, 두께가 2~3m로 자연돌문 가운데 가장 크다. 백천동 골짜기의 십이폭포는 높이 289m이며 12번 꺾어져 떨어지는 가장 긴 폭포이다. 유점사는 신라시대에 창건했으며 53불(佛)이 안치되어 있다. 부근에 반야암, 백련암 등이 있다. 이 밖에도 이단폭포, 금강폭포, 금강못 등 수많은 명소들이 있다.

내금강은 동쪽으로는 외금강 지역과 접하며 서쪽으로는 금강천 유역에 이르는 서부지역을 차지한다. 수많은 폭포, 담, 녹음, 기암절벽이 조화를 이뤄 산세가 그윽하며 수려하다. 만폭동은 계곡미의 상징이라 할 만큼 경치가 뛰어나며 흑룡담, 벽파담, 분설담 등이 있다. 백운대는 계곡미, 산악미를 다 같이 보여 주는 명승지이며 관음바위를 비롯해 전망대로 알려진 백운대 등이 있다.

비로봉은 일만이천 봉우리와 동해의 푸른 바다를 한눈에 바라볼 수 있으며 금사다리, 은사다리로 불리는 풍경이 이

채롭다. 비로봉 북서쪽에 있는 구성동 골짜기는 울창한 수림, 기암괴석, 폭포, 담 등이 어우러져 있으며 물이 유별나게 검푸르다는 가막소, 옥류벽, 구일폭포 등이 있다. 명경대는 울창한 수림, 우뚝 솟은 암벽이 유명하며 거울처럼 매끈한 암벽이 벽담에 그림자를 드리워 신비로운 경승을 이룬다. 옥경담, 수렴폭포, 다보탑으로 불리는 기암 등이 있다.

해금강은 고성군 동해 기슭의 수원단에서 옥교암에 이르는 4㎞의 해안 절경을 이르는 말이다. 삼일포는 온정리에서 12㎞ 떨어진 곳에 있는 석호이다. 해금강은 삼일포에서 약 4㎞ 되는 곳에 위치하며 해돋이 광경이 훌륭하다. 특히 풍화와 침식에 의해 형성된 배바위, 사공바위, 동자바위, 잉어바위 등 천만 가지의 기묘한 생김새를 가진 해만물상이 유명하다. 총석정은 해금강 남쪽에 위치하며 바다 기슭에 높이 솟은 암석기둥과 기묘한 모습의 동굴들이 아름답다.

잉어의 보은 설화

잉어가 보은하다니? 금시초문일까? 사연은 아니다.

이 설화는 꽤 유래가 깊다. 용왕의 아들인 잉어를 구해 주어 보은을 받았다는 내용의 설화이다. 신이담(神異譚) 중 응보담(應報譚)에 속한다. 일명 '방리득보 설화'(放鯉得寶 說話)라고도 하며 내용의 변이에 따라 '자라의 보은', '해인사의 유래'라고도 한다. 줄거리는 다음과 같다.

어부가 잉어를 잡았다가 애원하는 듯한 잉어의 눈을 보고는 도로 놓아주었다. 얼마 뒤 꿈속에 사람이 나타나 자신은 며칠 전에 살려 준 잉어인데 원래는 용왕의 아들로 아버지인 용왕이 용궁에 모셔 오기를 원하니 함께 가기를 청하였다.

그리하여 용궁에 가서 환대를 받고 돌아오려 할 때 용왕의 아들이 "가지고 싶은 물건을 청하라 하면 무엇이든 원하는 대로 이루어주는 구슬을 달라고 하십시오."라고 귀띔을 하였다. 물론 어부는 구슬을 얻어 가지고 집에 돌아와서 큰 부자가 되어 잘 살았다.

이 설화는 범세계적으로 분포되어 있는데 특히 아시아 일대에 많은 자료가 보고되어 있다. 중국 이야기에는 거북 또는 자라가 많이 등장하며 보은으로 생명을 구해 주는 경우가 많다. 몽고나 일본 이야기는 잉어 대신 뱀이 등장한다. 조선에서는 용궁이 등장하는 것이 보편적이며 자라를 구하였다는 경우에 보은으로 주인공이 벼슬을 얻게 된다는 것이 흔하다.

각 편에 따라 어부가 아닌 나그네가 잉어를 가지고 놀던 사람들로부터 사서 놓아준다고 설정한 경우도 있다. 보답으로 받는 물건도 상자, 연적(硯滴), 가락지 등으로 다양하지만 모두 부귀를 가져다주는 보물이라는 점은 마찬가지이다. 그런데 구해 준 잉어가 용녀(龍女)여서 보답으로 용왕의 딸과 혼인하게 되었다는 변이형도 있다.

또한 주인공이 보은을 받은 뒤 그 후손들은 잉어를 먹지 않게 되었다는 특정 가문의 전설이 되는 경우도 있고 보답으로 둑이나 강이 만들어지게 되었다는 지명유래전설로 변한 경우도 있다. 한편 용왕의 아들이 변한 개에게 먹이를 주고 잘 보살펴 그 보답으로 용궁에서 받아온 해인(海印)으로 해인사를 짓게 되었다는 해인사연기 설화(海印寺緣起說話)도 많이 나타난다.

그런데 이 설화에 용궁에서 얻어온 구슬을 잃어버려 개와 고양이가 다시 찾아온다는 내용이 후반부에 결합된 '견묘쟁주 설화'(犬猫爭珠說話)도 널리 알려져 있다. 용을 도와주어 그 보답을 받게 되었다는 이야기는 신라 시대 거타지 설화(居陀知說話) 이래로 다양하게 전승되어 왔다. 거타지는 보답으로 용녀와 혼인할 수 있게 되었다 하였으니 이 설화와 상통되는 점이 있다. 그러나 거타지는 활을 잘 쏘는 비범한 능력을 갖춘 반면에 이 설화의 주인공은 예사롭기만 한 사람에 불과하다.

거타지의 능력을 받아들이면서 이루어진 고려 국조(國祖)인 작제건(作帝建)의 신화에서는 용녀와 혼인하여 결국 나라를 세울 위대한 자식을 낳을 수 있었던 반면에 이 설화에서의 보답은 일상적인 행복을 이루는 데 그친다. 이 설화는 신화로부터 하층의 설화로 이동하는 단계를 살필 수 있는 좋은 자료이다. 한편, 자라를 구해 주어 보은을 받는 내용은 고전소설인 ≪숙향전≫에서도 볼 수 있는 이야기이다.

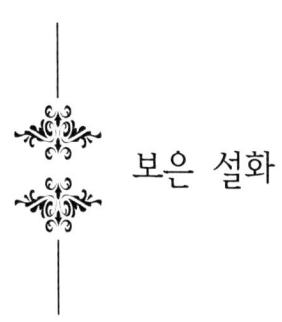

보은 설화

보은 설화란 은혜에 보답하는 내용의 설화이다. 전 세계적으로 널리 분포되어 있다.

이 유형의 설화는 행위 주체들이 서로 은혜를 주고받는 대칭구조를 갖는다. 약한 존재끼리 서로 도와야 한다는 윤리적 교훈에 중점이 있다. 특정한 행운에 대해 사고의 범위를 동물세계로까지 넓혀 합리적으로 설명하려는 인식론적 욕구와도 관련된다. 유교나 불교와 같은 종교적 교훈의 색깔을 띠는 경우도 있으나 근본적으로는 인간의 보편적인 윤리의 반영에서 나온 것이다. 이 유형의 설화는 보은 행위의 주체와 객체 그리고 행위 내용에 따라 다양한 갈래 설정이 가능하다.

보은 행위의 주체와 객체는 사람도 될 수 있고 동물도 될 수 있으며 행위 내용은 위기에서 구해 주는 것일 수도 있고 부자가 되게 해 주는 것일 수도 있다. 가장 많은 것은 동물이 사람을 위기에서 구해 주거나 부자가 되게 해 주는 것이다. 이 경우 개, 까치, 호랑이 두꺼비 등 비교적 친숙한 동물들이 주로 나온다.

의구전설(義狗傳說)이라고도 하는 은혜 갚는 개 이야기는 최자의 ≪보한집≫에도 나오는 등 널리 알려진 것이다. 평소 주인의 사랑을 받던 개가 술 취해 들판에서 자다가 갑자기 난 불에 타 죽게 된 주인을 위해 자기 몸에 물을 묻혀 불을 꺼서 주인을 살리고 자기는 죽는다는 내용이다. 까치 새끼를 잡아먹으려는 구렁이를 죽이고 그 구렁이의 암컷에게 죽을 뻔한 사람이 까치의 보은으로 살아났다는 이야기도 널리 알려져 있다.

그 밖에 두꺼비를 키운 처녀가 지네에게 제물로 바쳐졌으나 그 두꺼비가 지네를 죽여 살아났다는 이야기, "선녀와 나무꾼 설화"에서 나무꾼이 사냥꾼에게 쫓기던 사슴을 숨겨 주고 도움을 받았다는 이야기, ≪흥부전≫에도 나오는 제비의 보은 이야기 등이 널리 알려진 것들이다.

이 유형의 설화는 알려진 것에 비해서 설화 자체에 대한 독자적 연구는 잘 되어 있지 않았다. 주로 국제적인 유사성 추출의 예로 언급되거나 특정 지역의 전설 연구의 하나로 연구되거나 또는 소설 연구과정에서 근원 설화의 하나로 언급되고 있을 뿐이다. 이는 설화의 구조가 대체로 단순하기 때문이다. 이 유형의 설화에 담긴 세계관이나 윤리의식, 동물과의 정서적 교감 등은 현대사회에서도 그 현실적 기능을 잃지 않고 있다.

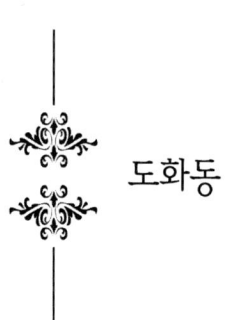

도화동

　도화동은 복사나무가 많고 봄철이 되면 복사꽃이 피어
경치가 좋았으므로 '복사골'이라 부르던 데에서 유래된 동
명(洞名)이다. 그리고 이러한 복사꽃이 많은 마을을 흔히
도화동이라 부르고 또 상춘객들의 유상(遊賞)하는 장소가
되어 유명해졌는데 고대소설 심청전에 나오는 황주 도화동
(黃州 挑花洞)은 널리 알려진 것이다. 한국 서울지역에도
마포 도화동 외에 다시 북악 아래의 도화동, 혜화문 밖의
도화동 등을 볼 수 있다. 한국 북악산 아래 있는 도화동의
풍경에 대하여는 정조조의 문인 유득공(柳得恭)의 아래와
같은 시에서도 볼 수 있다.

바람 불고 비 오니 시냇물 불어나는 것이
이 봄이 가기 전에 도화동 구경 가세나

동중의 복사나무 천 그루나 되는데
사람은 나비 따라 가고 나비는 사람 따라 오네.

　모두 도화동의 옛날 승경 승사(勝事)를 잘 말하여 주는
것이다. 그런데 위의 두 도화동은 산하곡한(山下谷閑)에 위
치한 도화동이었지만 마포의 도화동은 산을 등지고 강에
임한 도화동으로서 그 경치는 좀 호화롭고 바람을 따라 나
는 꽃과 향기는 좀 더 멀리 퍼졌을 것이니 이곳 도화동의
풍경은 특별히 색다른 바가 있었을 것이다.
　이 도화동의 동명을 가져오게 한 복사골은 지금도 도화1
동 경사진 곳에 마을 이름을 남겨 전하는데 여기에는 또
다음과 같은 전설이 함께 남아 다시금 그 옛날 이곳의 도
화풍경의 신비경을 상상하게 된다.
　아득한 옛날 옛적 이곳 복사골에는 마음씨 착한 김씨 노
인이 아름다운 무남독녀 도화낭자(挑花娘子)와 함께 살고
있었는데 도화낭자의 아리따운 모습과 마음씨는 천궁(天宮)
에까지 알려지게 되어 옥황상제의 며느리로 하늘에 올라가
게 되었다.
　김 노인은 딸이 천궁으로 출가하는 것이 기쁘기는 하지
만 외딸을 영영 이별하게 되니 서운한 마음이 이를 데 없

었다. 김 노인은 그 선관이 주고 간 씨를 집 근처에 심고 얼마 후에 복사나무가 자라 꽃이 피는 것을 즐겁게 구경하며 지냈다. 그리고 김 노인이 세상을 떠난 후에도 복사나무는 번성하고 마을 사람들 또한 김 노인과 도화낭자를 생각하며 복사나무를 많이 심어 일대가 모두 복사꽃밭을 이루기까지 되었다는 것이다.

이러한 신이적(神異的)인 전설, 선경을 방불케 하는 도화풍경(挑花風景)과 함께 이 복사골을 중심으로 한 일대를 도화동으로 부르게 된 것은 퍽 오랜 옛날부터의 일로 고종조 초기에 편찬된 육전조례(六典條例)에 의하면 서부 용산방(龍山坊)에 도화동(挑花洞)의 내계(內契), 외계(外契)가 갈려 있음을 볼 수 있다. 즉 구역이 넓기 때문에 동을 내동, 외동으로 함은 물론 계도 내동계, 외동계로 갈라 편성하였던 것이다.

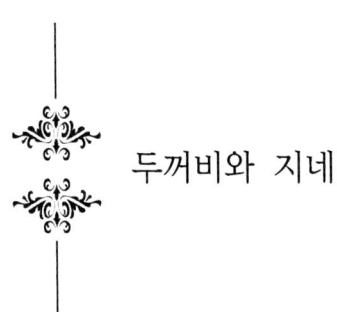

두꺼비와 지네

두꺼비와 지네는 제물로 바쳐진 처녀를 살리기 위해 지네와 싸우다 죽은 두꺼비의 은혜 갚은 이야기이다. 동물 보은담이며 인신공희 설화이기도 하다. '지네장터 설화' 또는 '오공장(蜈蚣場) 설화'라고도 한다. 어느 지역과 관계없이 널리 분포되어 있으며 동화로도 알려져 있는데 대표적인 것은 충북 청주의 '지네장터 설화'이다.

옛날 어느 마을에 마음씨 착한 처녀가 살았다. 하루는 부엌에 두꺼비가 들어왔기에 밥을 조금 주었더니 그 뒤로는 날마다 찾아와서 밥을 얻어먹곤 했다. 그 마을에는 마을에서 모시는 당신(堂神)에게 해마다 처녀를 바치는 풍습이 있었는데 이번에는 그 처녀가 제물로 뽑혔다. 처녀는 두꺼비에게 밥을 퍼 주며 사람에게 하듯이 작별인사를 하고 당집에 들어갔다. 어둠 속에서 떨고 있는데 붉은 불을 뿜으며 지네가 나타났다.

그런데 놀랍게도 처녀가 밥을 주며 길렀던 두꺼비가 앞에 나서서 파란 불을 뿜으며 싸우는 것이었다. 뜻밖의 광경에 놀란 처녀는 기절하고 말았는데 다음 날 아침 사람들이 가서 보니 두꺼비와 지네가 죽어 있고 처녀는 살아 있었다. 당신의 정체를 알게 된 뒤부터는 지네에게 제물을 바치는 악습이 사라졌다고 한다.

이 설화에는 사람을 제물로 바침으로써 맞설 수 없는 자연의 힘에서 벗어나고자 했던 자연과 인간의 대립 흔적이 남아 있다. 이 설화를 탐관오리와 백성 간의 대립으로 보는 견해도 있다.

선유몽 설화

선유몽 설화(旋流夢說話)는 꿈에 높은 산이나 고개에 올라가 소변을 보았더니 그 물에 온 나라가 잠겼다는 이야기이다. 5편의 설화가 ≪삼국유사≫ 등의 문헌에 실려 전한다. 설화의 주인공들은 김유신의 둘째 딸이며 신라 제29대 왕인 태종무열왕의 왕비인 문희(文姬), 고려 태조 왕건의 선대조(先代祖)인 보육(寶育), 보육의 둘째 딸인 진의(辰義), 고려 제5대 왕 경종(景宗)의 왕비이다. 이들은 후에 왕비가 되는 처녀, 왕족에 편입되는 왕의 선대 조상, 왕비 등으로 모두 왕족이라는 공통점을 지닌다.

이 가운데 문희와 진의는 그가 직접 꿈을 꾼 것이 아니라 언니에게서 산 것이다. 선유몽의 상서로움을 파악하고 꿈을 사서라도 자기의 운명으로 만든 문희와 진의는 비범한 인물들이다.

선유몽을 꾸거나 산 사람들은 그 뒤 신분에 변화가 일어난다. 문희는 장차 왕이 될 김춘추를 만나 처녀의 몸으로 임신한 뒤 혼인하여 왕비가 되고 아들을 낳는다. 진의는 아직 태자의 몸이던 당나라 숙종을 만나 역시 처녀의 몸으로 임신하여 고려 태조의 할아버지가 된 작제건(作帝建)을 낳는다. 진의의 아버지 보육은 선유몽의 결과 잠저시(潛邸時)에 있는 당나라 숙종이 귀한 신분의 사람임을 알아보고 딸과 결연(結緣)을 맺게 한다. 경종비는 왕을 잃은 과부의 몸이지만 선유몽을 꾼 뒤 안종(安宗)과 사통(私通)하여 뒤에 고려 제8대 현종(顯宗)이 될 아들을 낳는다. 선유몽을 꾼 세 여자들은 모두 처녀 또는 과부인 상태에서 정식혼을 거치지 않고 야합에 의해 왕이 될 아들을 낳는다.

이상으로 미루어 '선유몽 설화'는 왕족이 되는 인물들의 야합과 그 결과 태어난 왕자의 출생을 합리화시키고 신성시하기 위해 만들어진 것으로 볼 수 있다. 배설물이 특별히 소변인 것은 소변에 생산력이 있는 것으로 보았기 때문이다.

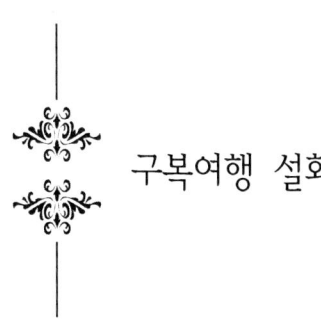

구복여행 설화

구복여행 설화(求福旅行說話)는 복을 빌러 가던 길에 다른 사람의 문제를 해결해 준 것이 결국 자기의 복이 되었다는 이야기이다. 이 이야기는 조선을 비롯하여 아세아와 유럽, 아프리카까지 세계 곳곳에 분포되어 있다.

한 총각이 옥황상제나 저승할망 등 초월적인 존재에게 복을 빌기 위해 삼청동 또는 서천서역국으로 떠났다. 도중에 여인, 노인, 이무기를 만나 여인이 시집 못 가는 이유, 노인의 배나무에 배가 열리지 않는 이유, 이무기가 용이 못 되는 이유를 알아봐 달라는 부탁을 받았다. 이무기란 전설상의 동물로서 뿔이 없는 용을 말한다. 어떤 저주에 의하여 용이 되지 못하고 물속에 산다는 여러 해 묵은 큰 구렁이를 이른다.

　총각이 신을 만나 묻자 신은 여인에게는 처음 만난 총각과 혼인하라 하고 배가 열리지 않는 것은 배나무 밑에 금은보화가 있기 때문이니 캐내라고 했다. 또 이무기는 여의주가 2개 있어 용이 되지 못하는 것이니 하나를 총각에게 주면 된다고 했다.

　총각은 이무기에게서는 여의주를 노인에게서는 금은보화를 얻고 여인과는 혼인을 하게 되었다.

　총각은 다른 사람의 문제를 해결해 줌으로써 결과적으로 자신의 문제를 해결한 것이다. 부지런하고 진실한 사람은 하늘이 돕기 마련이라는 민담의 운명론이 잘 나타나 있는 설화이다.

구렁덩덩 신선비 설화

구렁덩덩 신선비는 뱀에게 시집간 셋째 딸이 금기를 어겨 일어난 이별과 재회의 이야기를 질서 있고도 핍진하게 다룬 설화이다. 일명 또 '뱀신랑', '구렁덩덩소선비', '천조씨와 은혜정자' 등으로도 불리는데 조선의 전 지역에서 구전되고 있다.

이야기의 자초지종은 이러하다.

한 미천한 할멈이 구렁이를 낳자 이웃의 장자(長者)집 세 자매가 구경을 온다. 첫째와 둘째 딸은 구렁이를 낳았다고 말하지만 셋째 딸은 구렁덩덩 신선비를 낳았다고 말한다. 셋째 딸의 칭찬을 들은 구렁이는 성장한 후에 어머니에게 이웃집에 청혼해 달라고 조른다.

두 딸은 청혼을 거절하지만 셋째 딸은 아버지의 뜻을 따르겠다고 하여 구렁이와 셋째 딸의 혼사가 이루어지는데 첫날밤 구렁이는 허물을 벗고 미남자로 변신한다. 신선비는 이 허물을 아내의 속옷고름에 채워 주면서 이것을 아무에게도 보여 줘서는 안 된다는 금기를 선언한 뒤 과거를 보기 위해 서울로 떠난다. 그러나 구렁이 허물은 신부를 질투하는 두 언니에 의해 불에 태워지며 허물이 타는 냄새를 맡은 신선비는 집으로 돌아오지 않고 자취를 감춘다.

신부는 신선비가 돌아오지 않자 허물을 태웠기 때문임을 알고 남편을 찾아 나선다. 여행 끝에 신선비의 집을 알아낸 신부는 그 대문간에서 하룻밤을 지내다가 신선비와 재회하게 된다. 신선비는 그 사이 새장가를 간 뒤이므로 전처와 후처 가운데 한 사람을 택해야 하는 문제에 부딪힌다. 그는 전처를 숨겨 두고 부모님에게 가서 묵은쌀과 햅쌀, 묵은장과 햇장 중 어느 것이 좋으냐는 질문을 해서 묵은쌀과 장이 더 좋다는 답을 듣는다. 이것으로 그치지 않고 그는 두 아내에게 나막신 신고 빙판길 10리를 걸어 물 길어 오기, 호랑이 눈썹 뽑아 오기 등의 시험을 치르게 하는데 전처는 이것을 해내지만 후처는 못해낸다. 이 시험의 결과로 전처와 신선비는 재결합한다.

이 설화는 현재 민담으로 전승되고 있다. 그러나 인간이 뱀을 출산하고 뱀과 처녀가 결혼하고 뱀이 인간으로 변하며 헤어진 뱀신랑과 처녀가 다시 만나는 등 인간과 동물 간에 교류되고 있는 비현실적인 내용에는 신화적 성격이 짙게 나타나고 있어 신성성을 상실한 과거의 신화가 아닌가 추정된다.

이 설화는 세계적으로도 널리 분포되어 있는 유형으로 핀란드의 구비문학자인 안티 아르네와 스티브 톰슨에 의해 "잃어버린 남편을 찾아서"로 명명, 정리된 바 있다. "큐피드와 프시케 설화"는 이 유형의 대표적인 설화이다.

신선비설화의 전체적인 유형은 세계적 보편성을 지니지만 세부적 단락이나 이야기의 의미는 많은 차이가 있다. 이런 점은 신선비설화가 우리나라에서 자생한 이야기라는 방증이 된다.

오누이 힘내기 설화

이 민담은 힘이 장사인 오빠와 누이가 목숨을 걸고 힘내기를 했다는 설화이다.

이 설화의 대표적인 실례를 들면 다음과 같다.

옛날 어느 곳에 홀어미가 남매를 데리고 살았다. 남매는 모두 힘이 장사였으므로 어머니는 둘 중 하나를 없애기 위해 아들에게는 굽나막신 신고 한양 다녀오기, 딸에게는 산 위에 성 쌓기 내기를 시켰다. 아들은 돌아올 기미가 없는데 딸이 성 쌓기를 끝내 가자 어머니는 아들이 이기게 하기 위해 팥죽을 쑤어 딸에게 먹게 했다. 딸이 팥죽을 먹는 사이 아들이 돌아왔으므로 성을 다 쌓지 못한 딸은 죽음을 당했다. 지금도 그곳에는 딸이 쌓다 만 성이 남아 있다고 한다.

힘내기의 주체는 대개 오누이이지만 때로는 부부, 수절 과부와 홀아비, 딸과 며느리인 경우도 있다. 힘내기의 방법은 아들은 서울 다녀오기, 딸은 성 쌓기를 하는 경우가 많으나 아들은 산 두르기, 딸은 옷 짓기를 하거나 둘 다 성 쌓기를 하는 경우도 있다.

이 유형의 설화는 우리 민족에게 널리 퍼져 있는 전설로서 인간세상의 기원에 대한 인식과 함께 인간세상 질서의 신화적 주체에 대한 관심에서 비롯된 갈등과 화합의 이야기이다. 변이형으로는 누이의 부당한 죽음에 대한 항변과 보상심리가 작용하여 아들과 어미가 죽는 유형이 있다.

또한 누이의 죽음이 주는 비극적 의미의 무게를 감당하지 못하고 누이의 패배와 오라비의 승리로 끝나거나 오누이가 역할을 분담 또는 힘을 모으는 등으로 변이된 유형들이 있다.

이 유형의 설화들은 견훤, 김덕령, 이몽학, 정여립 등 역사적인 인물들과 결부되어 이야기되기도 한다. 이들은 모두 힘센 누이를 가졌던 것으로 되어 있다.

그러나 이 경우는 설화의 시대적 배경이 남자장사와 여자장사 간의 힘의 대립이 더 이상 개연성을 얻지 못하게 된 때이므로 이때 누이는 비범한 한 남자장사의 출현을 돕는 음성적인 존재로 잠재화되고 이야기의 의미도 비범한 장사의 사회적 역할에 대한 기대로 모아 지고 있다.

의견 설화

의견 설화(義犬說話)는 개가 길러 준 주인에게 은혜로써 보답한 이야기이다. 일명 또 '개 무덤 설화'라고도 한다.

개가 주인에게 은혜를 갚는 양상은 여러 가지가 있는데 대표적인 유형으로 개가 불을 꺼서 주인을 구하는 이야기를 들 수 있다. 주인이 기르던 개를 데리고 출타(出他)했다가 돌아오는 도중에 술이 취해 풀 섶에서 잠이 들었는데 산불이 났다. 주인이 불이 난 것도 모르고 깊은 잠에 빠져 있자 개는 자기 몸뚱이에 물을 묻혀 주인 옆의 풀 섶에 뿌려서 주인에게 불이 옮겨 붙는 것을 막았다.

한참 뒤 서늘한 밤공기에 주인이 잠을 깨어 보니 개는 지쳐 쓰러져 죽어 있었다. 전후사정을 알게 된 주인은 깊이 감동하여 죽은 개의 충정을 기려서 개 무덤을 만들어 주었다고 한다.

다른 유형으로는 주인이 없는 사이에 어미 개가 주인의 어린 아기에게 젖을 먹여 배고픔에서 구해 주기도 하고 주인이 호랑이나 여우 독수리 등에게 공격을 받아 곤경에 빠졌을 때 구해 주기도 한다. 이때 개는 개의 형상 그대로 싸우기도 하고 다른 모습으로 변신해서 물리치기도 한다.

또 다른 유형으로는 개가 글이나 옷섶을 물고 와서 주인의 위급함을 식구들에게 알리고 주인의 시체를 찾게 하며 주인의 억울한 죽음을 밝혀내서 관가에 고발하기도 한다. 또는 개가 죽으면서 주인의 집안을 위해 명당자리를 잡아 주기도 하고 주인을 따라 죽는 경우도 있다.

의견 설화는 개 무덤이라는 증거물을 수반하는 점에서 전설이기도 한데 대표적으로는 경주최씨 최 부잣집에 얽힌 개 무덤 전설이 있다. 최 부자네는 복을 받게 된 연유에 얽힌 많은 이야기들이 전해 오는데 특히 기르던 개가 은혜를 갚아 부자가 되었다는 것이다.

개가 최 씨 집 윗대에 한 어른을 불을 꺼서 구해 주기도 하고 변신해서 귀신을 물리쳐 주기도 했지만 특히 보살핌을 받은 개가 죽으면서 명당자리를 가르쳐 주어서 거기다 조상의 묘를 쓴 이래로 재산이 크게 일어나 부자가 되었다는 것이다.

손진태는 ≪한국민족 설화의 연구≫에서 ≪보한집≫(補
閑集), ≪청구야담≫(靑邱野談) 등에 수록된 '의구전설'을
소개하면서 이야기가 중국의 ≪수신기≫(授神記)에 실린
'의구전설'과 일치하므로 중국의 기록에서 전파되었으리라
고 주장했으나 한국 내에서 발생했을 가능성이 크다. 의견
설화는 "까치와 종소리 설화"와 함께 가장 대표적인 동물
보은담으로 후자가 상징적이고 형이상학적인 데 비해 현실
적인 성격을 띠고 있다.

열녀 설화

열녀 설화(烈女說話)는 아내가 남편을 위해 정절을 지킨 이야기이다.

여인이 지아비를 받들고 신의를 지키는 자연스러운 인정이 유교의 덕목과 결합되어 사회적 규범으로 강조되면서 일찍부터 여러 문헌에 오르게 되었다.

제일 먼저 사적에 오른 것은 도미(都彌)의 아내가 왕으로부터 정절을 지킨 이야기이다. 도미의 아내가 아름답다는 소문을 들은 왕이 도미를 불러 "너의 아내가 아무리 정절이 강하여도 어두운 곳에서 좋은 말로 꾀면 마음을 움직이지 않을 사람이 없을 것이다." 하고 묻자 도미는 "신의 아내는 죽더라도 마음을 바꾸지 않을 것입니다."라고 확언했다.

이에 왕은 도미를 잡아 놓고 그의 집에 가서 도미의 아내에게 자신과 도미가 내기장기를 두어 도미가 져서 여인을 자신이 차지하게 되었다고 속이고 난행하려 했다. 그런데 도미의 아내가 몰래 비자(婢子)로 하여금 수청 들게 하여 위기를 모면했다. 여기에서 말하는 비자(婢子)란 바로 조선시대에 별궁, 본결, 종친 사이의 문안편지를 전달하여 주던 여자 종이다.

나중에 왕이 속은 것을 알고 크게 노하여 도미의 두 눈을 빼고 작은 배에 실어 보내고 그 아내를 궁으로 끌고 와 겁탈하려 하자 도미의 아내는 몸이 더럽다는 핑계로 잠시 빠져나와 달아났다. 그 아내가 강어귀에 이르렀을 때 하늘을 우러러 통곡하니 홀연히 한 척의 배가 나타났다. 그 배를 타고 작은 섬에 이르러 남편과 상봉하고 풀뿌리를 캐어 먹으며 연명하면서 객지에서 여생을 마쳤다고 한다.

이 이야기 속에는 후대의 전승에서 다양한 유형으로 전개되는 여러 가지 화소들, 즉 관탈민녀(官奪民女), 경쟁(내기), 신이한 음덕(陰德) 등이 두루 갖추어져 있다.

다른 설화들의 경우와 같이 열녀설화 역시 구비전승에서 더욱 다채롭게 변화되고 심화된다. 구전설화는 그 기반이 민중인 만큼 부부간의 신의를 지켜 나가기 어려운 난관이 가중되지만 그럴수록 아내들의 지조는 더욱 강인해서 어려운 사정이 있어도 굳건하게 정절을 지킨다. 자기 살을 베어 남편을 살리고 남편 대신 옥살이를 하기도 하고 혼례 전일지라도 혼인약속을 굳게 지킨다. 소박을 당하고도 남편만을 생각하며 정절을 지키다가 죽어 원귀가 되기까지 한다.

그러한 미덕에 하늘의 도움이 없을 리 없으므로 개가하지 않고 늙은 시부모를 지극한 정성으로 모시는 청상과부를 호랑이가 도와주고 익사한 남편을 따라 물에 뛰어든 과부를 수신(水神)이 도와서 남편의 시신을 안고 떠오르게 한다.

이런 이야기까지는 그래도 아름다운 향취를 지닐 수 있다. 여기서 더 나아가 자식을 죽여서 남편을 살리고 남편 죽인 원수의 아내가 되었다가 복수하고 남편의 목숨을 위하여 자신의 몸을 허락하는 처절한 지경에 이르는 경우도 있다. 정절이 아름답고 귀한 덕목인 만큼 지켜지기 어려운 세태를 드러내고 있는 것이다.

열녀설화의 범위를 좀 더 넓히면 부부지간은 아니어도, 즉 기생이나 연인 사이의 신의를 굳게 지킨 여인들의 이야기도 포함될 수 있다.

망부석 설화

　망부석은 절개 굳은 아내가 집을 떠나 멀리 있는 남편을 고개나 산마루에서 기다리다 죽어 돌이 되었다는 설화이다. '장자못 설화'에서 신의 금기를 어긴 며느리가 돌이 되었다는 설화도 포함된다.

　앞의 대표적인 설화로는 신라 때 박제상의 부인이 치술령(鵄述嶺)에서 남편을 기다리다 망부석이 되었다는 것이 있다. 박제상은 일본에 볼모로 잡혀간 왕의 동생을 구하러 가면서 집에도 들르지 않고 길을 떠나 왕의 동생은 구해 보냈지만 자신은 왜왕의 협박과 회유에 넘어가지 않고 신라의 신하임을 고집하다가 죽었다. 남편을 기다리던 그의 부인은 죽어 돌이 되었으며 나중에는 치술령 산신으로 섬

김을 받기도 했다고 한다.

비슷한 설화에 경상북도 포항 지방의 "망부산 솔개재 전설"이 있다. 신라 경애왕 때 소정승(蘇政丞)이 일본에 사신으로 가서 돌아오지 않자 부인은 산에 올라가 남편을 기다리다 죽었다. 그 뒤 그 산을 '망부산'이라 하고 '망부사'(望夫祠)라는 사당도 지었다고 한다.

'장자못 설화'는 악덕한 장자(長者)가 신에게 벌을 받아 집터가 못이 되었다는 내용으로 착한 며느리는 이 징벌에서 제외되지만 뒤에서 무슨 소리가 나더라도 절대 뒤를 봐서는 안 된다는 신의 금기를 어겨 돌이 된다. 이 전설은 우리 민족의 민담으로 널리 알려져 있다.

전설 속의 인간이 돌로 변하는 것은 인간과 자연이 동질적(同質的)인 것으로 생각되는 신화적 차원에서 가능한 이야기이다. 박제상과 소정승의 부인, 그리고 장자의 며느리는 죽어 돌이 되지만 신성시되고 신앙화되는 차원으로 승화하면서 영원한 생명을 얻고 있다.

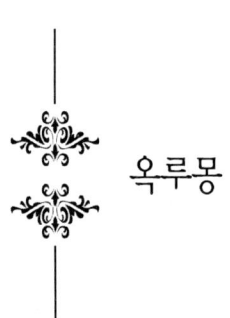

옥루몽

옥루몽은 1840년경 남영로(南永魯: 1810~1858)가 지은 고전소설이다. 일명 옥련몽(玉蓮夢)이라고도 한다.

중국 명나라 때 문창성(文昌星)과 제방옥녀(帝傍玉女), 천요성(天妖星), 홍란성(紅鸞星), 제천선녀(諸天仙女), 도화성(桃花星) 등 다섯 선녀가 마하지에 핀 연꽃을 꺾어 술을 마시며 놀다가 신불(神佛)에 의해 인간계에 떨어진다.

문창성은 양현이라는 처사의 집에 양창곡이라는 아들로 태어난다. 성장한 양창곡은 과거 시험을 보러 올라가던 길에 만난 기생 강남홍과 가연을 맺는다. 강남홍은 양창곡에게 함주자사의 딸 윤소저를 배필감으로 추천하고 양창곡이 상경하자 부중(府中)에 들어가 윤소저의 시녀가 된다. 강남홍은 소주자사 황공이 희롱하려 들자 강물에 뛰어들지만 이런 일이 있을 것을 미리 짐작하고 있던 윤소저의 도움으로 목숨을 건진다. 양창곡은 과거에 급제하여 한림학사가 되고 강남홍의 말대로 윤소저와 혼인한다.

그 뒤 양창곡은 황공의 딸과 혼인하라는 천자의 명을 거절하여 옥에 갇혔다가 황공의 참소로 인해 강주로 유배된다.

양창곡은 유배지에서 기생 벽성선을 만나 가연을 맺고 유배당한 지 5개월 만에 천자의 생일을 맞아 예부시랑을 제수받아 상경한다. 그는 천자의 명을 계속 거절할 수 없어 황공의 딸과 혼인하고 벽성선을 서울로 데려오게 한다.

이때 남만이 쳐들어오자 나라에서는 양창곡을 대원수로 삼아 출전시킨다. 그간 만국에서 도술을 익힌 강남홍이 만국의 원수가 되어 출전하나 양창곡이 명나라 원수로 출전했음을 알고 명나라의 부원수가 된다. 또한 만국을 도우러 온 축융국의 공주 일지연도 양창곡을 연모하게 되어 부왕을 설득해 명나라에게 항복하게 한다.

한편 서울에 올라온 벽성선은 황부인의 모함으로 계속 어려움을 겪다가 승전하고 돌아오는 양창곡을 만나 구출된다. 천자는 양창곡은 연왕(燕王)에, 강남홍은 난성후(鸞城侯)에 봉하고 황 부인은 죄상을 밝혀 유배 보낸다. 황 부인이 유배지에 가서 참회를 하고 돌아오자 양창곡은 윤 부인, 황 부인 두 부인과 강남홍, 벽성선, 일지연의 세 첩을 거느리고 부귀영화를 누리며 살다가 천상에 올라가 다시 선관이 된다.

이 작품은 ≪구운몽≫의 구성을 충실히 따르면서도 작품을 생동감 있게 개작한 ≪구운몽≫ 유의 소설이다. 천상의 선관이 인간으로 태어나 사대부 남성으로서 모든 이상적인 조건을 두루 갖추고 벼슬해서 부귀를 누리며 여러 여성들의 사랑을 얻었다고 하여 ≪구운몽≫의 이상주의를 충실하게 하였다.

그러나 ≪구운몽≫과는 달리 불교적인 깨달음을 내세우지 않았고 부귀와 사랑을 얻는 과정이 치열한 대결의 연속으로 이루어져 있다.

또한 산촌의 한미한 선비인 양창곡이 중앙에 진출해서 권력을 독점하고 횡포를 일삼던 세력과 대결하고 양창곡의 여러 처첩 중에서 기생인 강남홍이 적극적인 성격으로 활발한 활동을 하는 것은 신분보다 능력을 중요시함을 보여준다.

쌍주기연

쌍주기연(雙珠奇緣)은 작자, 년대 미상의 고전소설이다.

명나라 때 소주 화계촌에 사는 서경은 만년에 천축사 화주승(化主僧)에게 시주하고 그 공덕으로 아들 천흥을 얻는다. 서경은 간신의 득세에 대해 상소를 올리고 고향에 은거한다.

이때 남만(南蠻)이 중원(中原)을 침범하려 한다는 소식을 들은 황제는 서경에게 남만에서 백성을 다스리도록 명한다. 서경이 남만에서 만왕(蠻王)에게 잡히고 만왕은 중원을 침범한다. 서경의 충절에 감동한 만왕의 아들 소영은 서경을 잘 대접하지만 서경의 항복을 받으려는 만왕은 서경을 청사도에 가두고 만다.

한편 서경의 부인 이 씨는 홀로 천흥을 기르다가 산적에게 납치되어 가던 중 적장의 도움으로 탈출해 꿈에서 계시를 받아 백화암에 머문다. 산적들에게 버려진 천흥은 패주 왕어사의 창두였던 장삼에게 발견되어 길러진다. 왕어사가 죽자 유씨 부인은 장삼의 사랑방에서 책 읽는 천흥을 보고 아들 희령과 함께 지내도록 한다.

장삼이 천흥이 가지고 있던 구슬을 부인에게 보여 주자 유 씨 부인은 딸 혜란의 구슬과 맞추어 보고 하늘의 인연이라 하여 천흥에게 청혼한다.

천흥, 희령은 모두 급제하는데 그때 남만이 침범해 천흥이 출전한다. 천흥은 만군(蠻軍)을 무찌르고 만왕의 항복을 받아 태자로 만왕을 삼은 후 아버지를 모시고 회군한다.

천흥이 출전한 사이 제왕이 왕소저를 납치하려 하나 왕소저는 꿈에서 아버지의 계시를 받아 남복(男服)을 입고 도망해 시비(侍婢) 월향이 대신 납치된다.

탈출한 왕소저는 여승의 도움으로 산사(山寺)에 있다가 천흥의 모친을 만나 함께 양주 자사로 있는 희령을 찾아간다. 서부로 돌아온 월향이 원정을 황제께 올리니 황제는 제왕을 옥에 가둔다.

천흥은 회군해 황제로부터 봉작(封爵)을 받고 왕부인의 소청을 들어 시비 월향과 추섬을 첩으로 삼고 부귀공명을 누리다가 선녀에게서 받은 구슬을 꿈속에서 하늘에 바치고 부부가 함께 죽는다.

'쌍주기연'을 남녀 주인공의 결연담(結緣談)과 남주인공의 무용담(武勇談)을 엮어 만든 영웅소설의 유형으로 보는 견해도 있다. 그러나 여러 삽화가 다른 계열의 소설에서도 흔히 보이고 있어 이전에 유행하던 여러 이야기들을 흥미 위주로 엮은 후대의 작품으로 평가된다.

민들레에 얽힌 전설

옛날에 어떤 평화로운 왕국이 있었다. 그 왕국에서는 모든 사람들이 별과 함께 태어나 별과 함께 죽었다. 별과 함께 생사를 하는 그들의 삶은 별에 고스란히 적혀 있었다.

그 왕국엔 그 운명을 완벽하게 읽어낼 줄 아는 유명한 점쟁이가 있었다. 하루는 그 왕국에 경사가 생겼으니 새로이 대를 이을 왕자가 태어났다. 그 왕자는 건강하게 자랐으며 드디어 왕의 자리를 계승하게 되었다.

왕의 자리를 계승하면서 그 왕자는 점쟁이에게 점을 보았다.

"앞으로 나의 운명은 어떠한가?"

"네. 왕께서는 돌아가시는 그날까지 행복하게 사실 것입니다. 다만 안타깝게도 왕께서는 평생 동안 단 한 번의 명령밖에 내릴 수가 없습니다!"

왕은 분노하였다.

명색이 왕으로 태어나서 평생 동안 한 번밖에 명령을 내릴 수 없다니! 이건 너무나도 큰 고통이었다. 왕은 자신에게 이런 운명을 준 별에게 무척이나 화가 났다.

그러나 왕은 점쟁이의 말처럼 평생 무탈하게 행복하게 살았다. 단지 명령을 내릴 수 없다는 게 가장 큰 아픔이었다. 세월이 지나 그 왕은 병들고 지쳐 세상을 등질 때가 되었다.

왕은 마지막이자 처음으로 명령을 내리기로 결심을 했다.

왕은 하늘을 바라보며 이렇게 말했다.

"하늘의 모든 별들아, 난 너희들이 몹시 원망스럽구나. 하늘의 모든 별들아! 지금 당장 이 땅으로 떨어져 버려라!"

이렇게 땅으로 떨어진 별들은 민들레가 되어 지금도 피고 지고 있다.

도화녀비형랑 설화

　도화녀비형랑 설화(桃花女鼻荊郎說話)는 신라 제26대 진평왕 때 죽은 전왕(前王)과 동침한 도화녀와 그 사이에서 태어난 아들 비형랑에 대한 이야기이다. ≪삼국유사≫ 권1 기이편(紀異編) 도화녀비형랑조에 실려 있다.

　신라 25대 진지왕(眞智王)이 도화녀라는 미녀를 탐냈다. 그러나 도화녀는 유부녀로서 두 남편을 섬길 수 없다고 하며 왕의 요구를 거절했다. 바로 그해 왕이 죽고 2년 뒤 도화녀의 남편도 죽었다.

　하루는 갑자기 죽은 왕이 나타나서 이전의 약속을 지켜달라고 했다.

　도화녀는 죽은 왕과 함께 7일을 지낸 뒤 임신하여 비형랑을 낳았다. 진평왕은 이 소문을 듣고 신기하다 하여 비형랑을 데려다 기르기에 이르렀다. 비형랑이 15세가 되자 집사 벼슬을 주었다.

비형랑이 밤마다 도깨비들과 노는 것을 알고 진평왕이 비형랑에게 도깨비들을 부려 다리를 놓도록 했더니 하룻밤 새에 다리를 놓았다.

왕이 국정을 도울 수 있는 도깨비를 찾자 비형랑은 길달(吉達)이라는 도깨비를 추천했다. 왕은 그에게도 집사직을 주고 자식이 없는 각간(角干) 임종(林宗)에게 그를 후계자로 삼게 했다. 임종은 그에게 홍륜사의 남쪽에 누각문을 세우게 했는데 그는 매일 밤 그 문 위에서 잠을 자곤 했다. 그래서 그 문을 길달문이라고 불렀다.

어느 날 길달이 여우로 둔갑하여 사라지자 비형랑은 다른 도깨비를 시켜 그를 죽였다. 그 뒤 도깨비들은 비형랑의 이름만 들어도 무서워하며 달아났다. 당시 사람들은 이 일을 두고 "성스러운 임금의 혼이 아들을 낳았으니 온갖 귀신들은 비형랑의 집으로 날아가고 여기에는 얼씬도 하지 말아라"라는 내용의 글을 지었다. 신라에서는 이 글을 걸어 놓고 귀신을 쫓는 풍속이 있었다고 한다.

신라의 지배층은 나라를 다스리기 위해서 불교를 최고이념으로 삼고 유교에 입각한 제도와 관습을 택했다. 그러나 이 설화에는 당시 사회에 무속의 전통이 계속 이어지고 있었음이 나타난다. 왕이 도깨비를 등용하고 자식이 없는 신하의 후계자로 삼게 했다는 것이 그 증거이다. 또 후대의 처용보다는 더 소극적이지만 잡귀를 물리치는 존재로 여겨진 점에서 비형랑은 처용과 비슷한 성격의 인물이다.

이 설화는 고전소설 ≪금방울전≫에 집약적으로 전승되었다.

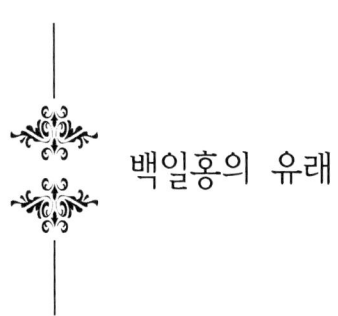

백일홍의 유래

　백일홍은 백 일 동안 붉게 피어 있는 꽃이라는 뜻을 갖고 있다. 멕시코의 잡초가 원예종으로 개발, 보급되어 전 세계의 정원에 심고 있는 식물이다. 키는 약 60㎝ 정도이고 잎은 마주 나 줄기를 서로 감싸고 있으며 잎 가장자리는 밋밋하다. 꽃은 6~10월에 줄기 끝에서 지름이 5~15㎝쯤 되는 두상(頭狀)꽃차례를 이루어 피는데 꽃 색은 흰색, 노란색, 주홍색, 오렌지색, 엷은 분홍색 등 여러 가지이다. 꽃이 100일 정도 피므로 백일홍이라 한다.

　따뜻한 곳에서 자라던 식물이므로 추운 것은 싫어하나 무더위에는 잘 견딘다. 배수가 잘 되고 부식질이 많은 참흙(모래와 찰흙)에서 잘 자라며 배수가 나쁘면 뿌리가 쉽게

썩으므로 화분에 심을 때나 여름철에는 배수에 특히 유의해야 한다.

재배하는 종류들로는 백일홍 이외에도 꽃차례의 지름이 작은 좁은잎백일홍(Z. angustifolia)과 멕시코백일홍(Z. haageana)이 있다. 백일홍은 꽃의 크기와 생김새 및 색에 따라 여러 품종으로 나뉘며 꽃의 크기가 15㎝ 정도 되는 것을 대륜계(大輪系), 4~5㎝ 정도 되는 것을 중륜계, 그리고 3㎝ 정도 되는 것을 소륜계라 한다. 꽃의 생김새에 따라 달리아처럼 생긴 달리아형, 선인장처럼 생긴 캑터스형, 꽃에 무늬가 있는 무늬천엽형, 꽃이 공처럼 둥그렇게 달리는 폼폰형으로 나뉜다.

이 백일홍이란 꽃말 속에는 우리 민담으로 내려오는 전설이 있다.

동해 바닷가의 한 조그만 마을에 해마다 처녀를 제물로 삼아서 제사를 올려야 무사히 일 년을 넘기고 마을에 재앙이 생겨나지 않는다는 이유 때문에 딸을 갖고 있는 부모들은 걱정이 끊이지 않았다. 그런데 이 제물로 바쳐진 처녀를 잡아가는 것은 귀신도 사람도 아닌 어처구니없게도 백년 묵은 구렁이였다. 이런 와중에도 몽실이란 처녀와 바우라는 총각은 서로를 아끼며 사랑을 했지요.

사랑은 갈수록 깊어지고 나중에는 둘 중에 하나라도 떨어져 살 수 없을 정도로 깊어만 갔다. 그러던 어느 해 가을이었다. 둘은 혼인하기로 약속을 했는데 그해의 제물로

몽실이 처녀가 뽑히고 만다. 둘이는 서로 서로 부둥켜안고
는 울기도 하고 도망갈 궁리도 해 보았지만 정해진 일을
물릴 수도 뺄 수도 없었다. 이에 생각다 못한 바우는 자기
가 그 구렁이를 죽여 버리고 몽실이와 행복하게 살아야겠
다고 마음먹고는 길을 떠났다.

　바우는 구렁이와 싸우러 가기 전에 몽실이와 약속을 했
다. 만일 백 일 후에 내가 오지 않거나 배의 돛에 빨간 깃
발이 꼽혀 있으면 내가 죽은 거니까 도망을 가고 흰 기를
꼽고 오면 내가 구렁이를 처치한 거니까 마중해 달라고 말
을 하고는 길을 떠났다.

　그 후 100일이 다 되는 날까지 몽실이는 바닷가에 나가
서 바우 떠난 방향을 바라보며 바우가 돌아오기를 기다렸
다. 드디어 100일째 되는 날, 멀리서 배의 앞머리가 보였
다. 반가움에 벌떡 일어나 달려가던 몽실이는 그만 그 자리
에서 쓰러져 죽고 말았다.

　지금 오는 배에 꽂힌 깃발 위쪽에는 빨간 깃발이 꽂혀
있기 때문이었다. 이윽고 배는 당도하였고 배에서 내린 바
우는 몽실이를 찾았으나 이미 몽실이는 죽은 후였다. 몽실
이를 끌어안고 울부짖던 바우는 무심코 배 위쪽을 바라보
았다.

　그런데 그곳엔 흰 깃발에 빨간 피가 묻은 채로 꽂혀 있
는 게 아닌가! 구렁이를 죽인 기쁨에 들떠서 구렁이의 피

가 깃발에 묻은 줄도 모르고 그냥 그 깃발을 꽂고서는 한시 빨리 기쁜 소식을 알려야겠다고 달려온 것이었다. 몽실이는 이 피 묻은 깃발을 보고 바우가 죽은 줄 알고 자기도 죽은 것이다. 마을 사람들과 바우는 몽실이를 양지 바른 곳에 고이 장사지냈다. 그런데 그곳에서 예쁜 꽃이 붉게 피어나서는 백 일을 꽃피우다가 지는 것이었다. 그 후부터 사람들은 이 꽃을 백일홍이라 불렀다.

손가락 두 개에 깃든 사연

조용강(趙蓉江)이 급제를 하기 전이다. 성동(城東)에 있는 육 (陸) 씨 집에서 밥을 얻어먹고 지냈다. 그때 이 집 주인은 남편을 잃고 과부가 된 지 얼마 안 되었는데 이 과부의 일곱 살 난 아들을 조용강이 맡아서 글을 가르치고 있었다.

어느 날 밤이었다. 용강이 촛불을 밝혀 놓고 책을 읽고 있는데 문을 똑똑 두드리는 소리가 들려왔다. 문을 열고 보니 집 주인인 과부였다. 그녀가 눈웃음만 살살 치면서 말을 하지 않기에 용강은 밤중에 찾아온 연유를 물었다.

"밤중인데 무슨 일입니까?"

이에 과부는 노골적으로 추파를 던지면서 입을 열었다.

"선생님께서는 집 떠난 지 퍽 되었지요? 홀로 여기서 주무시려니 얼마나 고독하시겠어요? 오늘 밤따라 달도 밝은데 이 좋은 밤을 함께 보내지 않으시렵니까?"

이 말에 용강은 정색하면서 대답했다.

"여자에게는 명절(名節)이 귀중한 것이고 선비에게는 염치가 귀중한 것입니다. 조금이라도 자애(自愛)하지 않으면 우리는 서로 명절(名節)과 염치를 잃게 됩니다. 어서 돌아가 주십시오. 남의 눈이 무섭지 않습니까?"

그러나 과부는 딱 버티고 서서 나갈 생각을 하지 않았다. 용강이 억지로 문밖으로 밀어내니 그녀는 재차 문을 밀고 들어오려고 바득거렸다. 용강이 당황하여 급히 문을 닫는 바람에 그 과부는 문틈에 손이 끼어 아프다고 새된 소리를 질렀다.

영강이 문을 조금 열자 그제야 과부는 끼인 손을 빼내고는 바람처럼 사라졌다. 과부는 자기 방에 돌아가서 문을 닫고 잠자리에 누웠으나 방금 전에 일어난 일로 잠을 이룰 수 없었다.

"어찌하여 내가 이처럼 추하게 변했을까? 남자에게 이런 치욕을 다 당하다니!"

과부는 이리 뒤척 저리 뒤척 잠 못 이루면서 생각할수록 부끄럽고 수치스러워서 옆에 차고 있던 은장도를 꺼내어 문틈에 끼인 두 손가락을 삭둑 잘랐다. 삽시에 피가 샘솟듯

하여 거의 죽다가 되살아났다. 과부는 남몰래 칼로 자른 그 두 개의 손가락을 석회가루에 버무려서 간수했다.

용강은 이런 끔찍한 일이 벌어진 줄을 전혀 모른 채 바로 그 이튿날 아침에 짐을 챙겨 가지고 과부 집을 나와 버렸다. 후에 그 과부의 아들이 과거에 급제하여 진사로 되었는데 부조(部曹)에 찾아가서 자기의 어머니를 위해 절부문을 세우려고 신청하였다.

이때 용강은 요직에 있었는데 과부의 아들이 거듭 신청을 했지만 이를 허락하지 않았다. 과부의 아들이 그 까닭을 알 길이 없어서 집에 돌아와서 하소연을 하였다. 이때 그의 어머니는 빙그레 웃으면서 "난 그 까닭을 알 만하다."고 대꾸하더니 이윽고 자그마한 나무함을 꺼내는 것이 아닌가. 그 나무함은 봉인을 해놓아서 열어 볼 수 없게 되어 있었다.

늙은 과부는 아들에게 그 나무함을 넘겨주면서 말했다.

"이 함을 가지고 가서 네 사부님께 드려라. 아마도 이 함이 가장 중요한 증거가 될 거야!"

아들은 어머니의 말대로 그 나무함을 조용강한테 바쳤다.

조용강이 그 나무함을 열어 보니 그 속에는 칼로 자른 손가락 두 개가 가지런히 담겨 있는 게 아닌가. 흰 석회가루에는 핏자국마저 얼룩져 있지 않는가!

그리하여 조용강은 크게 느끼는 바가 있어서 그날로 자기의 어머니를 위해 절부문을 세우겠다는 청시문에 서명을 하였다.

사형수와 딸 이야기

어느 사형수가 어린 딸의 손목을 꼭 쥐고 울었다.

"사랑하는 내 딸아, 너를 혼자 이 세상에 남겨 두고 내가 어떻게 죽는단 말이냐?"

"아버지, 아버지……."

마지막 면회시간이 다 되어 간수들에게 떠밀려 나가면서 울부짖는 소녀의 목소리가 한없이 애처로워 간수들의 가슴을 에어 냈다

소녀의 아버지는 다음날 아침 새벽 종소리가 울리면 그것을 신호로 하여 교수형을 받게 되어 있는 것이다.

소녀는 그날 저녁에 종지기 노인을 찾아갔다.

"할아버지, 내일 아침 새벽종을 치지 마세요! 할아버지가

종을 치시면 우리 아버지가 돌아가시고 말아요. 할아버지, 제발 우리 아버지를 살려주세요. 네?"

소녀는 할아버지에게 매달려 슬피 울었다.

"얘야, 나도 어쩔 수가 없구나. 만약 내가 종을 안 치면 나까지도 살아남을 수가 없단다!"

하면서 할아버지도 함께 흐느껴 울었다.

마침내 다음날 새벽이 밝아 왔다. 종지기 노인은 무거운 발걸음으로 종탑 밑으로 갔다. 그리고 줄을 힘껏 당기기 시작하였다. 그런데 이게 웬일인가?

아무리 힘차게 줄을 당겨도 종이 울리지 않았다. 있는 힘을 다하여 다시 잡아당겨도 여전히 종소리는 울리지 않았다.

그러자 사형집행관이 급히 뛰어왔다.

"노인장, 시간이 다 되었는데 왜 종을 울리지 않나요? 마을 사람들이 다 모여서 기다리고 있지 않소!" 하고 독촉을 했다.

그러나 종지기 노인은 고개를 흔들며 말했다.

"글쎄 아무리 줄을 당겨도 종이 안 울립니다."

"뭐요? 종이 안 울린다니 그럴 리가 있나요?"

집행관은 자기가 직접 줄을 힘껏 당겨 보았다.

그러나 종은 여전히 울리지 않았다.

"노인장, 어서 빨리 종탑 위로 올라가 봅시다!"

두 사람은 계단을 밟아 급히 종탑 위로 올라가 보았다.

거기서 두 사람은 소스라치게 놀라지 않을 수 없었다.

종의 추에는 가엾게도 피투성이가 되어 죽어 있는 소녀 하나가 매달려 자기 몸이 종에 부딪혀 소리가 나지 않도록 했던 것이다.

그날 나라에서는 아버지의 목숨을 대신해서 죽은 이 소녀의 지극한 효성에 감동하여 그 사형수의 형벌을 면해 주었다. 그러나 피투성이가 된 어린 딸을 부둥켜안고 슬피 우는 그 아버지의 처절한 모습은 보는 사람 모두를 함께 울지 않을 수 없게 하였다.

달팽이의 반쪽 이야기

아주 오랜 옛날의 일이다. 아무도 살지 않는 숲속 구석에 달팽이 한 마리와 예쁜 방울꽃이 살고 있었다. 달팽이는 세상에 방울꽃이 존재한다는 것만으로도 기뻤지만 방울꽃은 그것을 몰랐다. 토란 잎사귀 뒤에 숨어서 방울꽃을 보다가 눈길이 마주칠 때면 얼른 숨어 버리는 것이 달팽이의 관심이라는 것을 방울꽃은 몰랐다.

아침마다 큰 바위 두 개를 넘어서 방울꽃 옆으로 와서

"이슬 한 방울만 마셔도 되나요?"

라고 하는 달팽이의 말이 사랑이라는 것을 방울꽃은 몰랐다.

비바람이 몹시 부는 날에 방울꽃 곁의 바위 밑에서 잠

못 들던 것과 뜨겁게 내리쬐는 햇볕 속에서 자기 몸이 마르도록 방울꽃 옆에서 있던 것이 달팽이의 사랑이라는 것을 방울꽃은 알지 못했다.

민들레 꽃씨라도 들을까 봐 아무 말 못하는 것이 달팽이의 사랑이라는 것도 방울꽃은 몰랐다. 그렇게 긴 세월이 흘렀다. 숲에는 노란 날개를 가진 나비가 날아왔다. 방울꽃은 나비의 노란 날개를 좋아했고 나비는 방울꽃의 하얀 꽃잎을 좋아했다. 달팽이에게 이슬을 주던 방울꽃이 나비에게 꿀을 주었을 때에도 달팽이는 방울꽃이 즐거워하는 것만으로도 행복했다.

"다른 이를 진정으로 좋아하는 것은 그를 자유롭게 해주는 거야!"

라고 민들레 꽃씨에게 말하면서 까닭 모를 서글픔이 밀려드는 것 또한 달팽이의 사랑이라는 것을 방울꽃은 몰랐다. 방울꽃 꽃잎 하나가 짙은 아침 안개 속에 떨어졌을 때 나비는 바람이 차가워진다며 노란 날개를 팔랑거리며 떠나갔다.

나비를 보내고 슬퍼하는 방울꽃을 보며 클로버 잎사귀 위를 구르는 달팽이의 작은 눈물방울이 사랑이라는 것을, 나비가 떠난 밤에 방울꽃 주위를 자지 않고 맴돌던 것이 달팽이의 사랑이라는 것을 방울꽃은 알지 못했다.

꽃잎이 바람에 다 떨어지고 방울꽃이 하나의 씨앗이 되

어 땅 위에 떨어졌을 때 흙을 곱게 덮어 주며 달팽이는 말했다.

"이제 또 당신을 기다려도 되나요?"

그때서야 씨앗이 된 방울꽃은 달팽이가 자기를 사랑한다는 것을 알게 되었다!

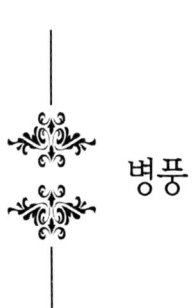 병풍

　《삼국사기》에 신라시대 진골과 6두품에 병풍의 수를
제한한 기록이 있으며 《고려도경》에는 관청의 사면에 꽃
을 수놓은 병풍을 쳐 놓았다는 기록이 있다. 또 《경도잡
지》 풍속편 서화 부분에는 병풍에 그리는 그림의 종류와
용도에 대한 설명이 있다. 지금 남아 있는 병풍은 조선 후
기에 만들어진 것이다.
　병풍은 장방형으로 짠 나무틀에 종이를 바르고 종이비단,
삼베 등에 그림, 글씨, 자수 등을 붙이고 폭과 폭은 돌쩌귀
로 연결하여 만든다. 병풍은 짝수로 만들며 용도에 따라 높
낮이와 폭 수가 달라진다.
　① 화조병풍(花鳥屛風)은 주로 안방에서 많이 쓰는데 봉

황, 꿩, 공작, 학, 원앙 등의 길조(吉鳥)와 모란, 국화, 연꽃 등을 새긴다. 새들은 암수 1쌍을 수놓는 것이 보통이고 꽃에 나비나 벌을 함께 수놓기도 한다.

② 수복병풍(壽福屛風)은 오래 살고 복 많이 받기를 기원하는 뜻을 가진 병풍이다. 수복병풍에는 백수백복도(百壽百福圖), 백수전도(百壽全圖), 십장생도(十長生圖), 종정도(鐘鼎圖) 병풍 등이 있다. 백수백복도는 한 틀의 병풍 속에 똑같은 모양의 글자가 없이 각 글자가 어떤 형상을 띠고 있는 것이 특징이다. 백수전도는 금석명기(金石銘器)를 수놓은 것이다. 십장생도는 십장생을 조화 있게 그려 넣는 그림이다. 종정도는 청동으로 만든 솥이나 종을 검정 비단에 금은색 실로 수놓은 것으로 황제의 침실에서 주로 썼다.

③ 부귀다남(富貴多男) 상징 병풍 중 모란병풍은 부귀화라 하여 혼례, 잔치에 쓰였고 포도병풍은 포도송이가 풍성하여 다산의 뜻을 담은 병풍이다.

④ 백자병풍(百子屛風)은 아이들이 즐겨 노는 팽이치기, 연날리기, 썰매타기 등의 놀이모습을 담은 병풍으로 강한 색상을 많이 쓴다. 그 밖에 하얀 소병(素屛)은 상중이나 제사 때 쓴다. 병풍에는 글씨, 그림, 탁본, 염색, 도장 등 다양한 방법으로 병풍을 꾸미며 오늘날은 실용적인 측면보다 장식용으로 많이 쓰인다.

신혼 방에 병풍을 치는 유래를 알아보자.

병풍은 일종 집안장식품으로서 중국 한나라 때부터 사용되었는데 당나라 때에 널리 사용되었다. 조선에서는 686년에 병풍을 금, 은, 비단과 함께 일본에 수출하였고 고려 때에는 일반 사대부의 집에서 병풍을 널리 사용하였다.

특히 결혼 첫날밤 신방 문 앞에 병풍을 쳐서 짓궂은 친척들이거나 친구들이 신방 엿보기를 한다고 하면서 침을 발라 창호지에 구멍을 내어 몰래 들여다보는 것을 방지하였다.

조선민족의 신방에다 언제부터 병풍을 치게 되었는지는 똑똑하지 않지만 여기에 이런 옛이야기가 전해지고 있다.

옛날 조선의 어느 마을에 금슬이 좋은 한 쌍의 부부가 어여쁜 딸과 함께 행복하게 살고 있었다. 딸은 성숙하여 한 마을의 마음씨 착한 총각과 백년가약을 맺게 되었다.

그런데 이들의 결혼 날에 한동네에 사는 더벅머리총각이 죽은 일이 생기었다. 신부 집에서 잔칫날을 미루자고 하였지만 신랑 집에서 한번 정한 혼인날을 변경할 수 없다고 하기에 혼례를 치르기로 하였다. 그리하여 한 집에서는 곡소리 높고 한 집에서는 잔치준비로 분주하였다.

밤이 되자 잔칫집에 온 손님들이 모두 돌아가고 신랑, 신부가 신방에서 자정이 되도록 소곤거리고 있는데 밖에서는 비가 잔잔히 내리고 있었다. 갑자기 신부가 두려운 생각이 들었는지 신랑에게 "신랑님, 귀신이나 도깨비는 궂은 날

에 나타난다지요?"고 하자 이 말에 홍이 깨여진 신랑은 별

소리를 다한다고 신부를 책망하면서 어서 자자고 하였다.

바로 그때 심한 바람이 불며 문이 덜컥거렸다. 신부는 겁을 잔뜩 먹은 채 밖을 내다보았다. 순간 그녀는 기겁을 하고 그 자리에 쓰러졌다. 한마을에서 죽은 총각이 여기저기를 묶인 채 걸어오고 있었던 것이다.

총각귀신이 우뚝 멈춰서더니 "신랑, 신부는 내가 데려간다"고 말하며 징그럽게 웃는 것이었다. 깜짝 놀란 신랑이 일어나 신부를 부축하였을 때에는 신부가 이미 죽어 있었다.

그 후 신랑은 두문불출하고 괴로운 나날을 보냈다.

그러던 어느 날 '서방님!' 하는 소리에 놀라기도 하고 기쁘기도 한 신랑이 자리를 차고 벌떡 일어나 보니 죽은 신부가 머리를 길게 드리우고 나타나 "서방님을 보고 싶었습니다. 하지만 저는 저승에서 사는 사람입니다"라고 말하는 것이었다. 신랑이 달려와 잡으려 하자 "서방님, 저는 가야 합니다. 그런데 한 가지 부탁드릴 말씀이 있습니다. 저같이 억울하게 죽는 신부가 앞으로는 없도록 해 주십시오!"라고 말하였다. 그래서 신랑이 신부에게 방법을 물었더니 병풍에 그림을 그리라는 것이었다.

이 일이 있은 후 신랑은 병풍을 방안에 둘러치고 침식을 잊어 가며 그림을 그리기 시작했다. 그는 끝내 그림을 다 그리고 그 자리에서 죽고 말았다. 그는 죽기 전에 유서를

남겼는데 "무릇 이 세상의 신혼부부들은 병풍으로 불빛과 바람을 막으며 모든 귀신들을 막아라!"는 것이었다.

이때로부터 조선민족에게 신혼 방에다 병풍을 둘러치는 풍습이 생기게 되었다고 한다.

이와 유사한 풍습으로는 재혼하는 사람들이 첫날밤에 문 밖에다 복숭아 나뭇가지를 걸쳐 놓아 전처의 혼령을 위로하는데 이 습관이 아직도 일부 지구에서 전해 내려오고 있다.

병풍은 바람을 다스리는 바람막이이며 작은 방 안에서도 사사롭고 은밀한 것을 감싸주는 역할 기능도 담당했다. 뿐만 아니라 여인들의 흐트러진 모습을 감춰 주고 아프고 병든 사람이나 옷을 갈아입을 때 자리를 마련해 주는 등 그 쓰임새가 다양하다.

그러나 병풍에 좋아하는 글귀를 적어 놓거나 그림을 그려 넣으면서부터 본래의 용도보다는 주인의 인품을 말해 주는 장식의 용도로 더 많이 자리 잡게 되었다. 여기에 희대의 유명한 서예나 그림이 활용되면서 재산으로서의 가치도 상승하게 되기 마련이었다. 결국 신분의 상징이 된 것이다. 결국 실용적인 목적으로 이용해도 방의 안쪽을 이용해야 했고 시각적인 면에서도 들어오자마자 바로 보이도록 문 반대쪽에 이용해야 하므로 방의 뒤쪽을 이용할 수밖에 없었다.

하나의 고전식 인테리어 방식이기도 한 것이 바로 병풍이라는 해석이다. 우리의 옛 문화는 안방을 중심으로 전개되었다. 많은 외부 손님들을 수용해야 했던 장소였으며 거의 모든 생활의 본거지라고 할 만한 장소이다 보니 가려서 분위기를 일신하는 면도 있었을 것이다. 또 다른 원인이라면 안방에는 귀중품을 보관하는 다락이 연결되어 있었으므로 이 통로를 가리는 역할로도 중요한 구실을 하였을 것이다.

풍수학의 유래

　풍수학(風水學)은 원래 고대 중국에서 발생했다. 그 오묘한 이치는 동양 철학에 기인한 것이다. 어디까지나 형이상학적(形而上學的)인 진리이기 때문에 역리학의 오묘한 이치를 깨닫지 못하고는 풍수학을 이해할 수 없다고 한다.

　진나라 시대 대역학자인 주선도(朱仙桃)라는 분이 수산기(水山記)라는 책을 펴냈는데 이 책에서 명당자리 보는 비법을 밝혔다. 당시 역학을 이해하지 못하는 많은 사람들은 신빙성이 없다고 믿으려 하지 않았으며 이구동성으로 그를 미친 사람으로 따돌렸다고 한다. 그러나 수산기가 신통하게도 잘 맞아 들어가자 시황제는 수산기를 일반에게 공개하지 못하게 했다. 왜냐하면 수산기를 인용하여 왕이 나올 만한 명당자리에 일반이 묘를 써 버리면 왕통이 무너질까 염려했기 때문이다. 뿐만 아니라 아예 수산기의 저자 주선도에게 죄를 씌워 죽여 없애 버렸다고 한다.

그 후 진나라가 망하고 한나라 시대에 와서 장자방이란 학자가 총오경과 청낭정경을 저술했는데 역시 억울한 누명을 쓰고 세상을 떠났다. 또한 당나라에 와서도 최성왕이 금낭경을 저술하였는데 이것을 황실에서만 대대로 응용했었다고 한다. 비단 주머니에 금낭경을 넣어 두고 역대 황제가 대대로 물려받았기 때문에 일반에게는 그다지 널리 알려지지는 않았다.

그런데 당나라 황제가 만약 민간 중에서 왕이 태어난다면 구족을 멸하리라는 명령을 내렸던 것이 오히려 일반의 호기심을 자아내지 않았을까! 결국 당나라 말기부터는 도학자들이 목숨을 내놓고 금낭경을 연구하고 또 자기 나름대로의 풍수학을 정리하여 전파하게 되었다. 그때부터 일반 대중도 널리 알게 되었다고 한다.

조선에는 삼국 시대에 역리학이 널리 전파되었다. 이때부터 풍수학자들이 많이 생겨나 궁궐터 성곽 혹은 가옥 묘지에 대한 비결을 저술하기에 이르렀던 것이다. 이와 같이 풍수학설에 관한 연구가 활발해지자 일본에서도 그 지상(地相)의 비결을 신통히 여기는 정도에 이르렀다. 조선을 강점했을 때는 13명의 역리학자를 차출하여 소위 13인 위원회를 조직하고 한반도의 명당자리의 혈맥을 끊어 버렸다. 예를 들어 명산이라면 그 명산 허리를 끊어 신작로를 낸다든가 너무 험준하여 지맥이나 산맥을 끊을 수 없으면 철봉을 수없이 박아 산의 혈맥을 끊는 등 잔인무도한 행동을 서슴지 않았던 것이다.

:: 풍수학의 용어 해설

현무(玄武): 산의 정상을 뜻한다. 방향은 북쪽

백호(白虎): 방향이 오른쪽.

청룡(靑龍): 왼쪽. 좌청룡 우백호라고 하는 지형의 한 형태를 말한다.

재혈난(裁穴難): 산 기운이 뭉쳐 있는 지점. 매우 찾기 어려운 지점으로 이곳만 제대로 찾아 묘지를 마련하면 자손에게 음덕이 있다고 한다.

주작(朱雀): 이 지점은 산들이 병풍처럼 빙 둘러쳐져 있어 바람을 막는 그 밑부분의 중심부로 이 주작을 가로 질러 물이 흘러가야 산 기운이 재혈에 뭉쳐 있게 마련이라 한다.

물(水): 병풍처럼 둘러쳐 있는 산의 밑부분, 즉 산 기운이 뭉쳐 멎을 수 있게 물이 흐르거나 고여 있는 곳을 말한다.

석산(石山): 흙이라고는 별로 없고 거의 암석으로 된 산을 말하는데 이런 곳에 묘를 쓰면 집안이 망한다. 지기(地氣)란 흙을 통해서 흐르게 마련인데 흙이 없으므로 흐르지 못하고 흐르지 않으니 융합하지 못한다. 돌과 뼈가 불편하게 융합되면 가운은 쇠한다.

과산(過山): 산맥이 멈추지 않고 뻗어 있는 산을 과산이라 한다. 지기는 본래 산세가 멈추는 곳에 뭉쳐 있게 마련인데 산세가 뻗어 있으니 지기가 멈출 리가 없다. 이런 산에 묘를 쓰면 패가망신한다고 한다.

독산(獨山): 산맥이 이어져 다른 산이 여럿 어울려 있지 않고 홀로 서 있는 산을 말한다. 이런 산은 지기가 면면히 흘러 뭉치지 않고 지기 자체도 생겨나지 않아 산으로 적합하지 않다. 이런데 산소를 쓰면 자손이 끊겨 망한다. 지기는 배산임수(뒤는 언덕, 앞은 물)하고 중산환합(무리를 이은 산이 둘러쌈)하는 곳에 뭉쳐 있는데 홀로 있는 산은 지기가 있 리 없다는 것이다.

동산(童山): 초목이 없는 황폐한 산을 말한다. 이런 산에서는 음양이 화합하지 않으니 지기가 생겨나지 않는 법이다. 이런 황폐한 산에 묘지를 쓰면 집안이 빈곤하고 생계가 대대로 어려워진다는 것이다. 이 세상 모든 일이 음양 조화가 이뤄져야 한다는 것이다. 산이 있는 곳에 물이 있어야 하고 흙이 있는 곳에는 초목이 있게 마련인데 그렇지 못하니 산 기운이 지기(地氣)가 없고 그러므로 묏자리로 마땅치 않은 곳이다.

산맥의 발원지를 찾아야 하고 태(胎), 정(定), 순(順), 강(强), 포(包), 장(藏) 등 6가지의 체가 순서대로 있는가를 살펴야 한다. 그리고 수구(水口)는 들어오는 것은 보여도 출구(出口)는 보이지 않아야 한다. 아울러 산세는 병풍을 두른 것처럼 조용해야 한다는 것이다.

음택(陰宅): 묘지를 뜻함. 산 사람은 양(陽)으로 죽은 사람은 음(陰)으로 통한다. 그러므로 죽은 사람의 집, 묘지.

양기(陽基): 산 사람의 집 또는 도성(都城). 읍촌(邑村)을 말함.

용(龍): 땅의 기복(起伏)을 뜻한다. 말하자면 산맥의 기복이 용과 같다고 하는 데서 비롯된 말.

맥(脈) 혹은 절(節): 지맥이나 산맥의 기복을 용이라 한다면 용신(龍身)에는 음양의 생기가 흘러야 하는 것이다. 이 음양의 생기는 사람의 몸에서 피가 도는 것과 같은데 이 생기가 흐르는 곳을 맥이라 한다. 이 맥이 일기일복(一起 一伏)하고 좌절우곡(左折右曲)하는 것을 목간(木幹)이라고도 한다. 또 가지가 뻗어 나간 것을 절(節)이라 한다.

혈(穴): 용맥(龍脈) 중에서 생기가 뭉쳐 있는 곳이다. 즉 정기(精氣)가 있는 곳. 이곳을 혈이라 한다. 침구학에서 사람의 어느 부분을 찾아 침을 놓는 곳을 혈이라 하는 것과 같이 산세에서도 그런 혈이 있다.

사(砂): 혈(穴) 주위의 형세를 뜻한다. 이것은 지상술(地相術)이 전해 내려오면서 사(砂)라고 부른다.

국(局): 혈과 사를 합쳐 양기냐 아니면 음택이냐 하는 것을 국이라 하는데 음택국이니 양기국(陽基局)이니 하는 것이다.

내용(來龍): 일국(一局), 일혈(一穴)에 이르는 용맥에 붙인 이름으로 맥이 혈에 들어가려는 곳을 말한다.

조산, 종산(祖山. 宗山): 넓은 의미로 내용(來龍) 중 그 혈에서 가장 멀고 높은 산을 조산(祖山)이라 하고 가깝고 높은 산을 종산(宗山)이라 한다.

주산, 후산(主山, 後山): 내용맥절(來龍脈節) 중 혈 뒤에 높이 솟아난 산으로 대개 마을이나 묘지 뒤에 있는 산을 뜻하며 이런 산 밑에 마을이 있으면 마을을 진호(鎭護)한다는 의미에서 진산(鎭山)이라고 부른다.

입수(入首): 좁은 의미에서 내용의 혈중(穴中)으로 들어
가려고 하는 것을 입수(入首)라 한다. 혈, 국을 용
두(龍頭)가 들어간 곳으로 보는 것이니까. 이 용두
가 마침내 들어가려고 하는 곳을 입수라 한다.

두뇌(頭腦): 입수와 혈과의 접합점(接合點)에서 좀 높게
솟아난 곳을 말하는데 마치 용의 이마에 해당한다
고 하여 두뇌라 한다.

성, 사성(城, 砂城): 두뇌(頭腦)에서 소맥(小脈)이 일어나
혈 주위로 둘러 쳐진 것을 말한다.

청룡, 백호(靑龍, 白虎): 혈이 남면(南面)한 곳이라면 혈
뒤의 내맥(來脈)에서 나와 혈 동쪽으로 두르고 혈
앞을 지나 혈 서쪽에서 그치는 산맥을 청룡(靑龍)이
라 한다. 또 혈 뒤 내맥에서 나와 혈 서쪽을 돌아
혈 앞을 동쪽으로 뻗어 끝에 끝난 산맥을 백호(白虎)
라 한다. 청룡, 백호는 수호신(守護神)인 사신(四神:
청룡, 백호, 주작, 현무) 중 그 동쪽과 서쪽을 호위하
는 것이다. 일반적으로 좌청룡, 우백호라 하는 것도
그 방위(方位)를 정하는 뜻에서 나온 말이다.

명당(明堂): 이것은 혈의 앞(묘지)인 경우에는 무덤 앞,
집터인 경우에는 주건물(主建物) 앞에 해당되는 땅
으로 청룡, 백호에 둘러싸인 곳을 말한다. 명당에는
내명당(內明堂)과 외명당(外明堂)이 있는데 내명당

은 혈 바로 앞 평평한 곳을 말하며 "묘지에서는 묘판(墓板)이라는 곳이며 집터인 양기(陽基)에 있어서는 주 건물(主建物)의 앞뜰", 이 내명당에서 앞으로 좀 넓고 광대한 평지는 외명당이라 나누어 부른다. 이 명당이라고 하는 명칭은 천자(天子)가 군신(群臣)의 배하(拜賀)를 받던 곳을 명당이라고 한 데서 비롯된 말이다.

득, **수구**(得, 水口): 혈 또는 내명당의 양쪽에서 또는 청룡, 백호 사이에서 시작되어 흐르는 물의 발원처(發源處)를 득(得)이라 하고 그 물줄기가 그 용호(龍虎)와 서로 껴안는 사이를 흐르는 곳을 파(破) 또는 수구(水口)라 한다.

지현(之玄): 내용이 바로 입수로 옮겨지려 하는데 그 맥형(脈形)이 갈 지(之)자와 같거나 검을 현(玄)자와 같이 굴곡 되어 뻗어 온 곳을 말한다.

미사(眉砂): 입수에서 두뇌를 거쳐 혈로 옮겨지는 조금 긴 둔덕 또는 판막상(辦膜狀)을 이룬 곳을 말한다. 그 모양에 따라 아미사(蛾眉砂), 월미사(月眉砂), 팔자미사(八字眉砂) 등이 있다.

안산(案山): 혈 앞에 사의 일종으로 좀 낮은 산을 말한다. 혈의 의안(倚案)이라 해서 붙여진 이름이다.

조산, 대산(朝山, 對山): 혈 앞 사의 일종으로 안산에 비해서 높고 큰 산. 마치 빈객(賓客)이 주인에게 절하는 것과 같고 신하가 임금에게 읍하는 것과 같으며 자식이 부모를 받드는 것과 같고 아내가 남편에게 순종하는 것과 같이 혈에 대하여 조공(朝供)하는 것과 같은 산을 말한다.

오성(五星): 산의 모양을 성(星), 요(曜)로 부르는 경우가 있다. 이것은 산형(山形)을 오행(五行)에 배(配)할 때 또는 구성(九星), 구요(九曜)에 배할 때 붙이는 이름으로 목성(木星) 의산이란 산형이 목형(木形), 목체(木體)를 이룬 것을 말하며 금성(金星)의 산이란 산의 형태가 금체(金體)에 흡사한 산을 말한다. 이것을 성(星)이라 부르는 까닭에 오행(五行)이 하늘에 있어서는 상(象)을 이루고 땅에 있어서는 형(形)을 이룬다는 천지상형(天地象形)의 상응(相應)하는 원리를 따른 것이다.

목성(木星)의 산: 나무가 바로 선 것과 같이 솟은 산.

화성(火星)의 산: 불길처럼 뾰쪽하게 솟은 산.

토성(土星)의 산: 평편하고 벽돌 같은 산.

수성(水星)의 산: 꾸불꾸불하여 움직이는 물결과 같이 뻗은 산.

금성(金星)의 산: 산마루는 둥글고 아래는 넓어 마치 종을 엎어 놓은 것과 같은 산.

조종산(祖宗山): 주산(主山) 위에 있는 주산. 조종산, 종산(宗山) 혹은 태조산.

구성(九星): 오성(五星)의 정형(正形)에서 변형된 것을 구성 또는 구요(九曜)의 산이라 한다. 구성은 빈랑(貪狼: 木星의 變體), 거문(巨門: 土星의 變體), 록존(祿存: 土星의 變體), 문곡(文曲: 水星의 變體), 염정(廉貞: 火星의 變體), 무곡(武曲: 金星의 變體), 파군(破軍: 金星의 變體), 좌보(左輔: 金星의 變體), 우필(右弼: 金星의 變體) 등 오성의 정체(正體)에서 변형된 것으로 아홉 가지가 있다. (太陽. 太陰. 金水. 紫氣. 天財. 天是. 孤曜. 燥土)

낙산(樂山): 산용(山龍)이 혈을 맞을 때는 반드시 이에 의지할 침락(枕樂)이 필요하다. 이 침락을 락산이라 하는데 혈의 위에 있다는 것이다.

간용, 심용(看龍, 尋龍): 산맥의 내왕(來往)을 답사하고 그 진위(眞僞)와 생사(生死)를 보는 것을 간용 또는 심용이라 한다.

형세(形勢): 용의 혈을 맞을 때 내면적으로 생기가 내려와 머물고 융결한 곳을 찾고 산국의 형세를 살피고 호위, 제사(諸砂)가 구비되었는가를 알려면 외면적 산형(山形)을 보고 혈을 정한다.

좌향(坐向): 혈의 중심, 집터인 경우는 주옥(主屋)을 세우는 곳, 음택(陰宅)인 경우는 널(棺)을 묻는 곳을 좌(坐)라 하며 이 좌가 정면하는 방위를 향(向)이라 한다. 이 좌향은 일직선상에 있고 이것을 정하는 데는 내명당의 중앙에 자석을 놓고 자침의 회전축 과 좌를 연결한 직선이 갑방위(甲方位: 보통 24방위를 쓴다.)의 위로 뻗을 때는 좌(坐)를 갑좌라 부르고 이 선의 연장선이 반대축의 을방위(乙方位)로 뻗을 때는 을향이라 부른다. 다시 말하면 자좌오향(子坐午向)이란 좌가 정북방에 있고 그 향(向)이 정남방을 향하고 있는 것을 말한다. 정북(正北)은 24방위의 자(子)에 해당하고 정면은 오(午)에 해당한다. 풍수에 있어서는 동서남북의 명칭을 팔괘팔간 십이지(四卦,八干,十二支)를 결합해서 사용한다.

용론(龍論): 용이란 산맥, 즉 지맥을 말하는 것으로 왼쪽으로 뻗어 내린 산 밑을 좌선룡(左旋龍)이라 하고 오른쪽으로 뻗어 내린 산맥을 우선룡(右旋龍)이라 한다. 곧게 내린 산맥을 직룡이라 하며 살같이 달리는 듯한 산맥을 직룡이라 한다. 뻗어 나가는 산맥이 방향을 바꾸어 돌아가는 맥로(脈路)를 회용(回龍)이라 하며 야산 지대에 순순히 뻗어 나간 산맥을 순용(順龍)이라 한다. 달리는 방향에서 다시 솟구쳐 되돌아 반대방향으로 뻗어 나간 산맥을 역용

(逆龍)이라 한다. 이 모든 행용에 있어서는 어느 용이든 시발점이 있으니 이것을 가리켜 조산(祖山)이라 한다. 시조가 있기에 분맥이 있는 것이니 길게 뻗어 간 장용(長龍), 짧게 끌고 온 단용(短龍), 서리서리 뭉쳐온 반용(盤龍) 혹은 숨고 혹은 크고 작은 혹은 솟아오르고 엎드리며 혹은 넓고 얕으며 혹은 구부리고 끊어져 있다. 용이란 어느 낙맥(落脈)을 막론하고 조산, 즉 주산 낙맥을 중심으로 출맥하여 어떤 것은 일어서고 열리고 닫히며 넓고 좁아 천 가지 만 가지의 기복이 수려하며 그 생김이 살찌고 원만하며 끝이 단정하여 음양이 분명해야만 진용진혈(眞龍眞穴)이라 이른다.

사세통설(四勢統說): 사세(四勢)란 주작, 현무, 청룡, 백호를 말한다.

주작이라 함은 앞에 있는 안산(案山)을 말하며 안산은 공작이 날개를 펴고 춤을 추는 듯 감돌아 있어 주객(主客)이 상대함에 다정한 모양으로 되어 있음을 필요로 한다. 이에 반하여 안산이 등을 지고 승거(勝去)의 형상이면 불미하다.

현무라 함은 뒤에 따라온 산맥을 말함이니 현무는 머리가 곧고 얕게 굽어져 관기 정통한 형상을 필요로 한다. 이에 반하여 용공이 기복 없는 형상이면 불가한 것이다. 만약 무현무(無玄武)라면 후백이 풍부함을 필요로 하며 높이 쌓인 것이 혈에서 한층 더 넓으면 실로 좋다고 하겠다.

백호란 오른쪽으로 솟구쳐 감돈 산을 말함이니 산세가 치닫지 않는 형상으로 순순히 엎드려 혈을 호위하는 듯한 형국을 필요로 한다. 이에 반하여 난폭한 형상과 도주하는 모양은 좋지 않다. 청룡, 백호는 이중 삼중 겹겹이 둘러 있음을 더욱더 필요로 한다.

청룡이란 좌편에 둘러싸인 산세를 말함이니 청룡은 겹겹이 꿈틀꿈틀 굽어 감도는 듯 혈을 감싸 호위하는 듯한 형국을 필요로 한다. 이에 반하여 곧장 내려가거나 반궁(反弓) 형상을 이루게 되면 가히 쓰지 못하는 것이다.

:: 방위도

24방위표: 陽局, 乾(北西) 震(東) 坎(北) 艮(北東) 陰局, 坤(南西) 巽(南東) 離(北) 兌(西) 묘소의 방향이 자좌(子坐)로 되어 있으면 고인의 머리 쪽이 정북쪽으로 향하고 있다는 뜻으로 우리가 생각하는 묘지의 방향은 정남향이 됩니다.

나성정설(羅星定說): 나성(羅星)이란 동서남북 주위에 솟아 있는 산을 말한다. 옛날 도시에 비하면 성곽과 같은 것이다. 부족함 없이 사방의 산이 높고 혹은 얕게 둘러 있음을 말함이니 성곽이 곳에 따라 문이 있듯 나성에는 물이

들어오고 어느 쪽으로는 물이 나가는 수구(水口)도 있다.

조안정설(朝案定說): 부조안(夫朝案)은 혈 앞에 있는 산을 말한다. 앞에 있는 산을 일러 안산이라 하며 안산 뒤에 있는 산을 일러 조산이라 한다. 안산이 있으면 앞이 허하지 않고 수습이 되며 주밀하여 사방이 단아하게 보이면 가히 좋다고 할 수 있다. 조산이 있은즉 더욱 당국(當局)이 빛을 발하니 조산과 안산을 겸비한 가히 격을 갖춘 산이라 하겠다. 간혹 조산은 있으나 안산이 없고 안산은 있으나 조산이 없는 땅도 있으나 크게 구애될 필요는 없다.

영통설(靈統說): 사영(四靈)이란 관, 귀, 이, 요를 말한다. 이, 요는 보이니 숨어 있지 못하고 관, 귀는 마땅히 숨어 있어서 나타나지 아니한다. 안산 배후에 있는 봉우리를 관(官)이라 이름 하여 관의 형국이 돌려 보이는 회두(回頭)가 혈을 바로 비춰 주는 듯한 상을 조혈(照穴)상이라 한다. 만약 득혈(得穴)에 관봉(官峰)이 없다면 좋은 자리가 못되는 것이다. 주산(主山)의 배후에 있는 봉우리를 일러 귀(鬼)라 한다. 귀상(鬼相)이 배후에 있되 봉우리 하나로 단정히 있음을 요하며 크게 솟아 있으면 역시 불미한 것이다. 암석(岩石)의 작은 산이 수구 중간 주변에 있는 것을 이(산신이)라 한다. 이봉이란 항상 유정하여 서로 바라보는 듯한 형상을 필요로 하며 이가 없으면 불영(不榮)한 땅이라 하겠다. 소산암석(小山岩石)이 청룡백호 밖에 없는 것을 요(曜)

라 한다. 요란 서로 뜻이 있어 바라보는 듯한 형국을 필요로 하며 혹 요봉암석이 없으면 그 혈지(穴地)는 오래 가지 못한다.

논오성정형(論五星正形): 금(金), 목(木), 수(水), 화(火), 토(土)의 다섯 가지 산이 있는데 그 형국에 있어서는 청아하고 둥글게 생긴 형체를 이루되 금산체(金山體)라 하며 머리가 약간 둥글게 그 체형이 헌앙하게 솟은 형국을 목산(木山), 줄기차게 봉우리마다 파도처럼 나가다 머무르는 듯한 곡형(曲形)을 수산(水山), 산머리가 뾰쪽 솟아 충천(沖天)하는 듯한 형국을 화산(火山), 사면이 후중(厚重) 하는 평평한 형체를 토산(土山)이라 하는 것이다. 행용낙맥(行龍落脈)에 있어 오성(五星)에 천변만화 하는 양상이 혹은 상극으로 결혈(結穴)되어 있음을 자세히 관찰하지 않으면 잘못 판단할 우려가 있다.

금산(金山): 금(金)은 맑고 부드러워 산형 역시 밝고 바르다. 그러므로 金星의 형체를 태양(太陽)이라 하며 나지막이 솟은 형체를 일러 태음(太陰)이라 한다. 금성이 가지는 행용낙맥(行龍落脈)에 있어서 많이 모이는 혈처(穴處)가 대개 봉(鳳)이 춤을 추듯, 새가 나는 듯한 봉무비도(鳳舞飛島)의 형국이다. 옛글에 "金星形體에 結穴處가 多生高形 혹은 娥眉之形 혹은 愧凸之形에 結穴 됨도 金星만이 갖는 자연의 이치다"고 하였다.

목산(木山): 목성(木星)은 청수하면 높이 솟아 있어 겉으로는 강하고 안으로는 유하며 마디마디가 결혈됨이 삼정혈(三停穴), 통소형, 일자목형, 인형 등에 낙맥되는 수가 많다. 발복(發福)에 있어서는 반드시 대귀(大貴)한 준걸(俊傑)이 나타나는 것이며 가히 장목성의 진득(眞得)이라 한다.

수산(水山): 수성(水星)은 형체가 유하게 굴곡하며 그 성(性)이 다변하여 바른 모양이 적고 그 형국이 굽음이 많아 행용낙맥에 있어서 용사(龍蛇)와 같은 결혈이 많으며 혹은 곡류지처(曲流之處)나 양양곡수(洋洋曲水)에 낙혈됨이 있다. 혈처는 평지연파(平地連脈)에 가장 많으며 그 기(氣)가 은은하여 형체를 식별하기 어려우므로 세심히 요찰해야 한다.

화산(火山): 화형(火形)은 항상 꼭대기가 호동(好動)하므로 조종의 산체가 높이 솟아 하늘을 찌르는 듯한 형세로 밑으로 곱게 깔렸고 형국이 비겸지류(飛鎌之類)와 같아야 결혈처가 있는 것이다. 체형이 수려하며 용혈득국(龍穴得局)은 극품지지(極品之地)라 하겠다.

대산(大山) 토형은 평평하여 그 형체가 순우(純厚)하며 행용낙맥에 있어서는 면류(冕流), 옥병(玉屛), 김서(金書), 고축(誥軸)이다. 이와 같은 형국에 결혈이 되며 혹은 각첨(角尖)의 유형에도 결혈이 되는 수가 있다. 혈처가 높이 있어서 진혈(眞穴)로 득지(得地)한다면 발음(發音)이 대개 청규하게 되고 얕고도 작은 자리는 목민(牧民)의 관이 연출하고 토성이 이어 나갔으면 반드시 부국(富局)이라 하겠다.

용신결혈상생(龍身結穴相生): 오성의 변화가 주산(主山)으로부터 결혈처까지 기복의 마디마디에 상생(相生)하여 결지(結地)되어 있다. 반드시 부귀의 땅이요, 충효 예의의 자손이 속출하는 대지이다.

용신결혈상극(龍身結穴相剋): 오성, 용신이 주산으로부터 마디마디 상극되어 결혈되었으므로 반드시 재흉 환래하여 패가망신하게 된다. 자손 중 불충, 불효, 불의의 사람이 생기니 이른바 패망의 땅이라 하겠다.

번화룡(繁花龍): 행룡맥락(行龍脈落)의 세가 거의 양편으로 가지를 놓고 달리는 것이 보통 산맥의 형태이다. 이것을 일컬어 용이 갖춘 귀족(貴足)이라 하며 지네발이라고도 한다. 번화용(繁花龍)이란 내용(來龍)의 지각(枝脚)이 순하게 뻗지 않고 역으로 뻗어 있음을 말한다. 용신을 호위하지 않고 역폭한 형체를 말하는 것이다. 이런 형국에 재혈을 하면 패망한다는 것은 두말 할 나위도 없다.

겁살용(劫殺龍): 행룡의 변화가 심하여 오행을 분별치 못하게 상생상극하며 가다가 정맥을 이탈하여 산만 불수하며 겁맥탈기(劫脈奪氣)한 용신을 겁살용이라 한다. 가히 대흉 대패의 땅이라 하겠다.

원진수도(元辰水圖): 원진자(元辰者)는 혈암의 득수(得水)가 곧게 흘러나가는 것을 말한다. 수직직거(水直直去), 수

직무란(水直無亂) 등의 수로를 말하게 된다. 흔히 말하는 당문파(黨門破)라는 것이 이것이다. 속패(速敗), 속망(速亡)하는 충격의 혈지(穴地)이다. 단 원진자라도 앞에 산이나 물을 얻어 산수가 만전횡란(灣轉橫蘭)하게 돌아 있다면 초년의 발음(發陰)이 없다. 또한 복기락용입좌(伏起落龍入坐)의 격은 갖추어져 있으되 오직 물 한줄기에 실격으로 결점이 있다면 인위작(人爲作)이라 축항제돈(築港諸墩)하여 재혈한다면 격을 갖추게 되므로 대지가 되는 수가 많다. 여기에 산천 변화의 리(理)가 생하며 오행 변화의 화(化)가 있는 것이다.

반도수도(反跳水圖): 형체가 미묘하고 삼방(三方)이 주밀하여 형국은 되었다 하더라도 흐르는 물줄기가 혈처를 배반도사(背反跳斜)하여 흘러간다면 천어(千語) 호평이 일언의 가치가 되지 않는다. 장후(葬後) 반드시 속성 패산(敗産)의 땅이요, 분산패주(敗走)하게 되니 음양의 산수 배합의 법이 아주 중요함을 다시 한 번 생각하게 된다.

반포수도(反抱水圖): 수법(水法)에 있어 반포수는 간혹 있는 땅이다. 흔치 않으므로 혹은 만궁지형(灣弓之形)의 반대쪽에 있으나 때로는 홍국(洪局)으로 보는 데에도 있을 수 있다. 반포수에 결혈이 되어 있다면 초년에는 약간 반복되지만 반드시 바뀌어 쇠망하게 되므로 역시 패망의 땅이다.

백룡도(白龍圖): 내룡이 겹겹 개장(開帳)하며 개자중압(個

子中押)하여 수려하고 단아하게 결렬됨을 말한다.

생룡지도(生龍之圖): 용형의 변화가 망측하여 생용됨이 사생으로 호술되어 횡룡(橫龍)이건 순용(順龍)이건 회룡(廻龍)이건 간에 용필(龍必) 요속기(要束氣) 진국(眞局)으로 되어 이기(理氣), 생왕(生旺)하여 결렬되어 있음을 말한다. 어김없이 대발(大發), 대부(大富), 대귀(大貴)의 땅이라 하겠다.

:: 명당은 과연 있을까?

풍수설의 근본은 음양오행 사상에 어버이의 유해를 평안히 모시려는 효도의 사상이 합쳐서 된 것이라고 한다. 그런데 부귀와 영화를 누리기 위한 방편으로 사용하는 경우가 없지 않다. 참으로 조상을 위한 마음에서 죽은 이의 영생댁(永生宅)이 되는 묘소를 풍광 좋고 풍치 좋으며 조용하고 양지바른 곳을 선택해야 한다는 효심으로 또한 그만한 자리, 즉 풍광 좋고 풍치 좋으며 조용하고 양지바른 곳을 찾으면 그것이 바로 명당이 아닌가 싶다. 물론 역리학(易理學)이나 지상을 떠난 막연한 이치요 순수한 효심의 발로지만 그러나 어떤 학술적인 이론도 그 근본은 똑같은 것이 아닐까!

그러니까 명당자리는 타산적이 아닌 참으로 조상을 위한 효양의 마음자세에서 찾고 또한 모셔야 한다는 것이다. 추호라도 타산과 이기심을 앞세워 조상을 명당자리에 모심으로써 부귀와 영화를 누리겠다는 다시 말해서 조상의 "뼈를 팔아 먹겠다"는 모순된 자세는 고쳐야 한다. 그리고 순후한 효심에서 명당자리를 찾으면 자식의 당위성 내지 사친지도(事親之道)도 무난히 집행된 셈이다. 그러므로 명당자리를 밖에서 찾을 것이 아니라 먼저 그 마음속에서 선택하고 추천해야 할 것이다.

명당자리는 왜 음덕(陰德)이 있을까? 여기서 음덕이라 함은 땅의 덕을 말한다.

사함이 땅의 덕을 본다는 말이 있다. 사실 그렇다. 사람은 조상한테 피와 살을 받아 태어날 때 자연 지기(地氣)도 유전 받게 마련이라는 견해가 있다. 이 지기의 유전이 바로 사람 몸을 형성한 뼈인데 뼈는 바로 지기와 통하여 이 뼈가 명당자리, 즉 산기가 뭉쳐 있는 곳에 묻히면 저절로 후손들이 부귀와 영화의 음덕을 보게 되는 것으로 이 지기의 이기(理氣)가 결국은 뼈와 혼합되어 유전의 법칙을 이루므로 산기가 뭉쳐 있는 자리는 반드시 사람이 드러누울 수 있을 정도로 산기의 뭉침이 있게 된다는 것이다.

명당자리란 그 재혈만 찾으면 자손이 부귀영화를 누린다는 것이다. 그런데 명당자리라고 하더라도 청룡이 없거나 두드러지지 않으면 자손이 없어 가운이 끊기는 법이다. 백호가 없거나 두드러지지 않으면 재물이 없어 가운이 가난을 면치 못한다. 또 앞에 주작의 부분을 둘러막는 물줄기가 없으면 재물과 자손이 없는 법이라 좋지 않다.

주작의 앞에 있는 불이 세차게 흐르지 않고 잔잔하며 유유히 흐르고 물소리가 조용하면 자손이 관운을 받아 영화를 얻으며 가운이 대대로 평온하고 화목하는 법이다. 이와 반대로 물소리가 슬프고 세차게 들리거나 물살이 빠르면 집안에 우환이 그치지 않아 멸망할 기운이 있어 결국 그 가문은 망하고 만다는 것이다.

:: 명당자리의 토질

산세가 한데 모이고 앞에 물을 만나 지기(地氣)를 멈추게 하는 것이 명당자리라 했다. 꼭 사람이 누울 수 있을 만한 너비에 봉분이 있는 곳이라고 했다.

이런 곳이 명당자리임에는 틀림없다. 그러나 그것도 명당자리가 되려면 토질을 갖추어야 한다. 바위덩어리에도 사람이 누울 수 있을 만큼 흙이 있어 그 흙만 긁어내면 바로 관이 누울 수 있다면 명당자리로 손색이 없다.

하다면 좋은 토질이란 무엇을 말하는가?

토질에서 오색이 영롱해야 한다. 관 넣을 자리를 팔 때 흙빛이 황(黃), 흑(黑), 백(白), 적(赤), 청(靑)이 고루 섞인 흙에서 서기가 비쳐 나올 듯이 윤택해야 한다.

습기가 많지 않아야 한다. 습기가 많으면 관운이 없다. 물론 가문에 타격을 주는 흉액이 있는 것은 아니라고 한다.

흙이 굳어야 한다. 푸석푸석하면 자손이 번성하지 못하고 또 크게 출세하지 못한다. 그렇다고 큰 문제가 생길 그런 액운이 있는 것은 아니라고 한다.

관을 넣을 자리에 물줄기가 있으면 집안에 액운이 그치지 않는다. 그 물줄기를 돌려야 한다.

관을 넣을 곳에 돌반석이 있으면 자손이 끊긴다. 그 돌반석에 관을 얹어 놓을 때는 흙이 중간에 끼지 않도록 해야 한다.

묘지의 풍치림(風致林)을 어떻게 가꿀 것인가?

명당자리를 골라 묘를 썼으면 풍치를 돋울 나무를 묘지 주변에 심어야 한다. 묘지는 집과 연결된 곳이다. 산 사람의 집과 같아서 집을 풍치 있게 꾸미려면 정원을 마련하여 가꾸듯 죽은 사람의 집(묘집)도 풍치 있게 가꾸어야 하는 것이다. 그러려면 정원에 꽃과 나무를 심듯 묘지 주위에도 꽃과 나무를 심어야 한다. 그러나 반드시 묘지로부터 10미터 밖에 심는다.

집에서도 나무뿌리가 구들장 밑에 들어가지 않도록 조심하는 것과 같이 묘지에서도 마찬가지다. 나무뿌리가 묘지로 파고들면 좋지 않다고 한다. 또한 10미터 밖에 심더라도 뿌리가 길게 뻗지 않는 종류로 사철나무나 상록수가 좋을 듯하다. 물론 아카시아 따위의 나무는 뿌리가 길게 뻗기 때문에 묘지 주위에서 뽑아 버려야 한다. 뿌리가 길게 뻗지 않는 꽃나무는 어떤 종류든 심어 놓으면 죽은 이를 오래도록 즐겁게 할 수 있을 것이다.

:: 명당자리의 풀이 비결

인걸은 지령(人傑地靈)이란 말이 있다. 잘난 사람도 나오고 못난 사람도 나오는 것은 모두가 산천의 수려한 기상과 둔탁한 기상에 의한 것이라는 해석이다.

산이 높고 물이 깊고 들이 넓으면 너그럽고 도량이 넓고 큰사람이 나오며 산과 물이 좁아 협착하면 소견이 좁으며 산이 험악하고 물이 탁하면 험하고 표독한 사람이 나오며 산이 높고 물이 맑으면 그 동네가 윤택하여 부자가 많으며 산천이 맑고 수려하면 얼굴조차 아름다운 법이다.

천을태을(天乙太乙)의 뾰족한 산이 구름 밖에 솟구쳐 있으면 벼슬이 법관에 오르고 물러가는 문구멍을 짐승과 새 모습을 한 형국에 산과 바위가 감아 주면 한림학사가 나오는 법이요, 산 형국이 왼편에는 깃발이 날리는 듯하고 오른편에는 북이 울리듯 솟아 있으면 대장, 장신이 나올 자리요, 산세가 뒤에는 병풍을 친 듯하고 앞에는 장을 두어 막아 주면 재상과 문신이 나올 땅이다.

작은 산이 위에는 뾰족하며 아래가 둥그스름한 형상을 은병(銀甁)이라 한다. 이쯤 되면 석숭(石崇)같은 부자가 생겨나고 산이 구부러져서 높고 낮음 없이 껴안은 것을 옥막형(玉幕形)이라 하는바 배도(裵度)같이 귀하게 되는 명재상이 나올 땅이다.

상형세가 초승달처럼 가느다랗게 미인의 눈썹인 듯한 모양은 아미산(蛾眉山)이라 이르는데 산형세가 이쯤 되면 딸이 귀하게 되어 왕후 아니면 귀비가 나올 땅이요, 천마의 형국이 남방에 위치하여 머리가 번쩍 들리고 몸통은 약간 낮아 평평히 나아가다가 꼬리가 되어 톡 떨어지면 반드시 왕후가 나올 자리이다. 또 앞뒤 좌우로 기운차게 내려오면서 크고 작은 아름다운 봉우리가 천 봉우리 만 봉우리 호위한 것은 천궁녀의 기상이요, 앞뒤로 벌어진 낮은 산봉우리가 팔백형화(八百炯火)가 떠오르는 듯한 자리는 모두 극위 극존한 제왕이 나타날 자리이다.

여러 산이 그치는 데 진혈(眞穴)이 있고 여러 산이 모이는 데 명당이 있는 것이다. 산체가 모두 등을 져 달아나면 인가파산이 되는 법이요, 한물이 기울어 흘러빠지면 관에서 물러서고 실직하게 되며 산 형상이 어지러운 치맛자락 같으면 여자가 음분(淫奔)하고 물이 당국 안으로 꿰뚫어 나가면 자손이 절손되는 법이다. 뿐만 아니라 물의 조화 또한 중요하다.

호박꽃 전설

아주 오랜 옛날 인도에 믿음이 진실한 스님이 있었는데 그의 소원은 황금으로 된 범종 하나를 만들어 놓고 죽는 것이었다. 그리하여 부지런히 돌아다니며 시주를 받아 황금 범종을 만들기 시작했다. 그렇지만 동(銅)으로 된 대형 범종을 만드는 일은 결코 쉽지 않았다. 황금으로 대형 범종을 만드는 일이란 그 어려움이 이만저만이 아닐 것이란 것은 불을 보듯 뻔한 일이었다.

결국 그 스님은 종이 채 반도 만들어지기 전에 기력이 쇠잔하여 죽고 말았고, 죽어서 부처님 앞에 가게 되었다.

그는 부처님께 생전에 종을 만들던 일을 고하고 그 종을 완성할 때까지만 다시 인간 세상에 살도록 해 달라고 간절히 빌었다. 그의 진심을 아신 부처님은 다시 그를 인간 세상에 살도록 허락을 해 주셨고 소원대로 환생을 하여 인간 세상으로 돌아왔다. 그러나 이미 세상은 예전에 살던 세상이 아니었고, 그가 만들다 만 종의 행방도 전혀 찾을 수가 없었다.

그가 부처님께 잠시 다녀오는 동안 인간계에선 벌써 1백 년의 시간이 훌쩍 흘러갔던 것이다. 그리하여 그는 그 종을 찾아 완성하기 위해 바랑을 걸머지고 세상의 구석구석을 떠돌아 다녔다.

어느 날 길을 가다가 자신의 발밑에 자기가 만들던 종 모양을 한 황금빛 꽃을 발견했다. 그 줄기를 따라 땅 속을 파들어 가니 바로 거기에 자신이 만들던 대형 황금 범종이 미완성인 채로 묻혀 있었다. 그는 그 종을 파내어 각고의 노력 끝에 완성을 시켰다. 이어 어떤 소리가 나는가 싶어 쳐 보았다. 종에서는 소리 대신 황금빛 꽃이 떨어지면서 누런 황금 열매가 달리는 것이 아닌가!

두 말 할 것도 없이 황금빛 꽃은 호박꽃이었고 황금빛 열매는 다름 아닌 호박이었던 것이다. 그러니까 노란 호박 꽃은 한 스님의 불심에 감복하여 부처님이 그 스님으로 하여금 범종을 찾게 하기 위해 만들어 낸 꽃인 셈이다.

찬찬히 살펴보면 어여쁘지 않은 꽃이 없다. 아무리 하찮게 보이는 사람일지라도 귀하지 않은 사람은 없다.

사람 사이에 담을 쌓아 구분 짓고 마음에 금을 그어 경계를 짓게 만드는 선입견이란 진실로 상대를 이해하는 일에 장애가 될 뿐이다.

조선시대의 궁녀

조선조 궁녀제도가 정착한 것은 태종 5년인 것으로 실록은 전하고 있다. 그러나 궁녀의 존재는 그 이전부터 있었다. 태종 원년 3월에 "여궁에게 월봉(급)을 지급했다"는 기록도 있다.

궁녀란 전통사회에서 궁중생활의 편의를 위해 국왕 등의 시중을 들던 성들의 총칭이기도 하다. 궁녀에 대한 기록은 ≪고려사≫에 나타나지만 조선시대 1392년(태조 6년) 조준(趙浚) 등의 건의를 받아들여 비로소 규정을 마련했다. 1428년(세종 10년)에는 구체적인 제도를 정하여 궁내의 모든 여관(女官)들을 내관(內官)과 궁관(宮官)으로 나누고 그 품계, 명칭, 직위까지를 명시하게 했으며 ≪경국대전≫에서는 이를 수정하고 보완하여 제도화했다.

고려시대의 궁녀는 제도적으로도 규명되어 있지 않고 입궁 경위나 절차도 분명히 알 수 없기 때문에 왕을 위하여 궁중에 있었던 모든 여성을 포괄하는 의미로 쓰였다. 고려 관계의 기록을 보면 궁녀들의 출신은 거의 평민이거나 비, 첩의 소생, 천례(賤隸) 등 하층계급의 여인들이 위주였다. 의종(毅宗) 22년에는 궁녀들의 직분이 상궁(尙宮), 상침(尙寢), 상식(尙食), 상침(尙針) 등으로 나뉘고 주로 궁중 내의 의식주 생활을 관장하게 했으며 궁중음악을 담당한 여악(女樂)도 있었다.

조선시대에는 국왕을 중심으로 궁중생활이 이루어져 그 시중을 드는 여성이 많이 필요하게 되었다. 즉 궁궐 내의 대전(大殿), 내전(內殿: 中殿), 대비전(大妃殿), 세자궁(世子宮: 東宮) 등이었다.

궁녀는 궁중 여자 관리의 별칭으로 상궁 이하의 궁인직을 말한다. 조선 시대에는 한 세대에 평균 600명의 궁녀가 존재했다. 궁녀는 왕이 있는 대전 외에도 왕대비 또는 대왕대비, 동궁 그 밖의 왕자와 공주궁 그리고 후궁과 각 별궁에 소속된 여인까지 포함된다. 또 왕의 사친(私親)의 사당을 지키는 여인도 궁녀라 한다.

외부인은 궁녀를 통틀어 흔히 나인이라고 하지만 그들 자신은 반드시 상궁과 나인을 구별해 썼다. 하지만 물 긷는 일, 불 때는 일 등 궁궐의 잡일을 아침 - 저녁 통근으로 수행하는 무수리나 붙박이로 각 처소 혹은 상궁의 살림집에 소속된 하녀인 비자(婢子), 약방(병원)기생으로 불린 의녀(醫女)는 나인에 포함되지 않는다.

태종 6년 부녀자 진맥을 위해 양성한 의녀는 비빈들의 출산 때 조산원 역할도 하고 궁녀들에게 침도 놓아 주었으며 여순경 역할도 했다. 또 궁중 안의 크고 작은 잔치 때는 원당에 화관을 쓰고 춤을 추는 무희로 변신했다. 이로 인한 부작용이 커 중인계급에서는 의녀 되기를 기피했고 평민이나 천민계급에서 선출됐는데 특히 기생의 딸이 의녀가 되는 경우가 많았다고 한다.

넓은 의미에서 내명부에 총괄되는 조선조 궁녀의 계층은 정5품부터 종9품까지였다. 이는 성종 때 정해진 것이다. 정5품 상궁직을 최고로 하여 최하 4, 5세의 어린 견습나인(아기나인)까지 있다. ≪조선조 궁중풍속연구≫에 따르면 이들은 각기 소속된 처소에 따라 그리고 직분과 신분에 따라 서로 다른 명칭을 사용했다. 비록 같은 궁녀일지라도 귀천(貴賤)이 분명 있었던 것이다.

궁녀의 선출방법이나 신분은 시대에 따라 차이가 있어 제도화되지는 않았다. 일반적으로 양가(良家)의 딸보다는 국가의 각 관청에 속해 있던 여자종 가운데서 뽑아 들였다. 그러나 국왕 측에서는 가급적이면 양가의 딸을 궁녀로 뽑아 들이고자 하여 10세 이상의 딸 가진 집안에서는 서로 다투어 혼인을 시켜 조혼의 풍습까지 생겼다.

그러나 경종 때부터는 양가의 딸을 뽑지 못하게 했다. ≪속대전≫을 보면 영조 때에는 각사(各司)의 비(婢) 중에서 발탁하도록 했다. 이러한 궁녀의 신분 제한은 일반 궁녀의 경우에 해당되는 것이고 왕이나 왕비를 측근에서 모시던 지밀나인[至密內人] 등과 같이 그 직책이 중요한 궁녀는 주로 먼저 입궁한 궁녀의 가까운 친척 중에서 소개되어 들어오는 경우도 많았을 것이다.

그들이 소속되어 있는 곳은 왕 내외가 머무는 곳을 첫째로 하여 궁궐의 의식주에 관련되는 부서다. 지밀(至密)－침방(針房)－수방(繡房)－세수간(洗手間)－생과방(生果房)－소주방(燒廚房)－세답방(洗踏房)으로 구분된다. 이 중 가장 격이 높은 곳은 지밀이다. 지밀은 왕과 왕비의 신변보호와 기거－잠자리－음식－의복에 이르기까지의 일체의 시중과 내전의 물품 관리, 내시부, 내의원, 전선사(典膳司)들과의 중요한 교섭을 담당한다. 궁녀 중 엘리트라 할 수 있는 지밀은 왕을 제일 가까이에서 모시기 때문에 후일 왕의 후궁이 될 가능성이 가장 많다. 때문에 겨우 대소변을 가릴 정도의 4, 5세의 나이에 궁으로 데려와 7, 8세 무렵부터 ≪동몽선습≫, ≪소학≫, ≪내훈≫, ≪열녀전서≫는 물론 궁체 연습까지 공부한다. 일반 궁녀들은 10세가 넘어, 지밀나인

등 중요한 직책의 궁녀들은 그전에 심지어는 4세 때에 입궁하여 궁중생활에 필요한 기거동작과 궁중용어 그리고 한글 궁체(宮體)쓰기 등 궁녀로서의 훈련을 쌓았다. 이러한 궁녀들이 쓴 한글 궁체 글쓰기 및 ≪계축일기≫, ≪인현왕후전≫ 등은 출중한 궁중문학으로 고착되었다.

왕 시중드는 지밀이 최고 엘리트 침방은 왕과 왕비의 옷을 비롯해 왕궁에서 소요되는 각종 의복을 제조하고 수방은 궁중에서 사용하는 복식이나 장식물에 쓰이는 수를 놓는 부서이다. 지밀 다음으로 침방과 수방의 격이 높다. 세수간은 아침 - 저녁으로 왕실의 세숫물과 목욕물을 대령하는 일을 한다. 요강의 시중과 수건 - 그릇 세척도 담당하고 왕비가 궁내 나들이를 할 때는 가마를 메는 일과 그 앞뒤에 서는 일을 수행한다. 생과방에서는 왕이 아침 - 저녁 식사 외에 드시는 음료와 과자를 만들고 소주방에서는 아침 - 저녁 식사와 잔치음식을 관장한다.

한국연속드라마 '대장금'의 배경인 수라간은 바로 이 소주방 중 외소주방이다. 소주방은 내소주방과 외소주방이 있다. 내소주방은 평상시 아침 - 저녁 수라를 관장하는 곳으로 주식에 따른 각종 반찬을 만드는 곳이며 외소주방은 궐 안의 다례와 크고 작은 잔치의 음식을 담당한다. 세답방 나인은 빨래와 다듬이질 - 다리미질 - 염색까지 맡는다.

궁녀 중 가장 우두머리는 '제조상궁'(提調尙宮)이다. 때문에 그 권세나 권위가 대단해 역사상 정치의 이면에서 주역을 맡는 경우도 허다했다. 제조상궁은 한 사람뿐이며 궁녀 중 가장 고참에 속하는 것은 물론 학식과 영도력, 외모가 뛰어나야 한다. 제조상궁은 대전 어명을 받들고 내전의 크고 작은 일을 주관한다. 재상도 이들을 함부로 하지 못했고 어려운 청원이 있으면 먼저 이 제조상궁에게 부탁하는 일이 많았다고 한다. 심지어 재상과 제조상궁이 의남매를 맺는 경우도 있었다.

제조상궁 바로 밑엔 부제조상궁이 설치되어 있었다. 부제조상궁은 왕의 사유재산 목록에 드는 귀중품이 들어 있는 내전 곳간을 관장해 일명 또 '아래고'라 부르기도 했다. 왕의 곁을 잠시도 떠나지 않고 항상 어명을 받을 자세로 대기하고 있는 '특명상궁'(지밀상궁)과 왕자녀의 양육을 맡은 나인의 총책임자인 '보모상궁', 서적 등을 관장하고 글을 낭독하는 일 등을 수행하는 '시녀상궁', 궁녀들의 근태나 소행 등을 감시해 평가하는 임무를 맡는 '감찰상궁'도 있다. 아무 직함도 붙지 않은 채 그 아래 나인을 총괄하고 그 처소 소관의 모든 업무를 책임지는 일반상궁도 각 처소마다 7~8명씩 있었다.

상궁 중에는 '승은상궁'이라 불리는 이도 있다. 일명 '특별상궁'이라고도 한다. 승은(承恩)은 왕의 손이 닿은 것을 일컫는다. 자녀를 낳지 못한 경우 승은상궁 또는 특별상궁의 지위에 머문다. 이들은 일정한 직책 없이 다른 후궁과 같이 왕의 곁에서 왕을 모신다. 고종의 후궁 중 자녀를 낳은 의친왕 생모 장 씨, 완왕 생모 영보당 이 씨, 왕자군 육(塯)의 생모 이 씨와 우(堣)의 생모 정 씨 등도 승은 직후 상궁이 됐다가 '귀인'으로 올라갔다.

조선시대 초기에는 대체로 궁녀의 수가 많지 않았다. 그러나 시대가 내려옴에 따라 궁녀의 수는 일반적으로 증가하는 추세를 보였다. 초기인 성종 때에는 대왕대비전 29명, 왕대비전 27명, 대전 49명을 합하여 105명인 데 반해 고종 때에는 관제개혁과 함께 대전 100명, 대비전 100명, 중궁전(中宮殿) 100명, 세자궁 60명, 세자빈궁 40명, 세손궁(世孫宮) 50명, 세손빈궁(世孫嬪宮) 30명으로 480명이 되었다.

궁녀들은 궁중에서 일하는 대가로 그 지위에 따라 차등 있게 월봉(月俸)과 생활필수품을 지급 받았다. 그러나 그 액수가 고정된 것은 아니었는바 재정형편에 따라 감해지기도 하는 등 유동적이었다. 근무는 대개 하루씩 당번과 비번을 교대로 했던 것으로 보인다.

일단 궁궐에 들어온 여인들은 특별한 경우 외에는 일생을 궁중에서 마쳐야 했다. 간혹 왕의 총애를 받은 궁녀는 권세를 부릴 수 있었고 또한 지위도 향상되었다.

그러나 궁중에서 풀려나는 경우도 있었는데 이들이 중병이 들 경우, 가뭄이 들었을 때 천재(天災)로 여겨 그 원풀이로 궁녀방출이 결행될 경우, 모시고 있던 상전이 승하했을 경우 등이었다. 그러나 궁중에서 풀려나온 궁녀일지라도 행동에 제약을 받아 다른 남자와의 혼인이 금지되었다. 만약 이를 어길 경우에는 가혹한 처벌을 받았다.

이와 같이 국가의 명령으로 출궁하는 경우를 제외하고는 궁녀들은 외부와의 접촉을 완전히 단절하고 살았으며 남자와의 접촉은 물론이고 같은 여성과의 접촉도 금지되었다. 이러한 궁녀를 소재로 한 소설로는 ≪운영전≫(雲英傳)이 있다.

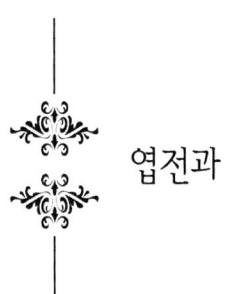

엽전과 과부

옛날에 한 절부(節婦)가 있었는데 젊어서 남편을 잃고는 절대 재가를 하지 않고 평생 수절할 것을 결심하였다. 그러나 젊은 몸에서 복받쳐 오르는 남자에 대한 욕망은 도무지 억누를 수가 없었다.

그러던 중 이 과부는 한 가지 방법을 생각해 냈다. 밤이 되기만 하면 대문에 빗장을 굳게 지르고 등잔불을 불어 끄고 나서는 넓은 마당에 엽전을 마치 논판에 산종(散種)을 하듯이 마구 뿌렸다. 그러고 나서는 엽전주머니를 들고 마당에 널린 엽전을 한 닢 한 닢씩 줍기 시작했다. 이런 방법으로 욕망을 간신히 달래곤 했던 것이다.

이튿날, 대문을 열고 마당에 들어서서 아무리 살펴보아

도 엽전 한 닢도 발견할 수 없었다. 과부문전에 말썽이 많고 소문이 많다고 한다. 그러나 이 과부의 문전에는 말썽도, 소문도 전혀 없었다. 그로 인해 이 과부는 천수(天壽)를 다 누리면서 장수를 하게 되었다.

천명이 다해서 임종에 가까웠을 때 이 과부 할머니는 머리맡에서 돈주머니를 꺼내 놓았다. 그 돈주머니에서는 엽전 백 닢이 와르르 쏟아져 나왔는데 하나같이 닳고 무마되어 거울처럼 반짝거렸다. 과부 할머니는 이 엽전들을 보이면서 며느리들과 손주며느리들에게 이렇게 말을 했다.

"자네들, 듣게나. 이 엽전들은 나를 도와 수절을 할 수 있게 한 물건들일세. 남편을 잃고 독수공방하는 신세가 되어 밤이면 도저히 잠을 이룰 수 없었지. 그래서 "부지런하면 착해 지고 게으르면 음탕해진다"는 말대로 남들이 다 자는 깊은 밤이 되면 등불을 끄고 엽전 백 닢을 마당에 뿌렸지. 그것들을 한 닢, 한 닢 허리를 굽혀 줍기 시작했네. 한 닢이라도 빠뜨리면 자리에 누울 념을 하지 않았네. 다 줍고 나면 정신이 혼미해지고 맥도 다 진해서 자리에 눕기만 하면 잠에 곯아떨어지곤 했었네. 그때로부터 60여년이 지났지만 마음속에 부끄러운 것이 없게 되었지. 그래서 죽기 전에 너희들한테도 사실대로 말할 수 있게 된 거야. 이 공로는 전적으로 이 한 주머니 엽전에 있는 거야"

엽전으로 수조(守操)를 송죽같이 지키며 성공한 정절부인의 에피소드이다. 평범한 여인의 비범한 인생담이다.

이와 유사한 이야기는 중국고대의 필기들에 많이 기록되어 있다. 이를테면 과부들이 밤에 엽전을 뿌렸다거나 콩을 뿌렸다거나 하는 계열 이야기들이다.

과거에 과부들은 이처럼 피로전술로써 성적인 기갈을 억눌렀던 것이다. 이와 근사한 고담설화는 조선의 박지원의 한문소설 ≪함양열녀박씨전≫에서도 집중적으로 잘 나타난다.

한 절부(節婦)의 유언

형계(荊溪)의 모(某)씨는 열일곱 살에 한 관리가문에 시집을 가서 반년 만에 과부가 되어 유복자를 낳았다. 모씨는 유복자를 기르면서 수절하여 팔십 고령에 이르렀는데 슬하에 손자 증손자들이 가득했다. 임종에 이른 이 노파는 손자와 증손자 며느리들을 불러 놓고 이런 유언을 남겼다.

"내가 할 말이 있으니 너희들은 귀담아 들어라!"

다들 "어서 말씀하세요." 하고 대답하니 노파는 말을 이었다.

"에헴, 너희들은 우리 집 가문에 며느리로 들어왔는데 여인과 과부를 사념하지 않을 수 없구나. 후유…… 만일 모두 백년해로를 하면 가문의 복일 테지만 그러나 인생이

란 뜻밖의 일들이 비일비재로 덮치는 법이니라! 불행하게
도 청춘에 과부로 되었을 경우에 수절할 결심이 있다면 수
절하도록 하거라. 그러나 만일 수절할 결심이 없다면 굳이
수절할 필요가 없느니라. 집안의 어른한테 여쭈어 어서나
재가를 하도록 하거라. 이렇게 하는 건 누구에게나 다 좋은
일이거늘 에헴……."

이 말을 듣고는 다들 아연해졌다. 노파가 임종이라 노망
인 줄로만 여겼다. 그런데 노파가 웃으면서 말을 계속했다.

"왜 너희들은 내 말이 그르다고 생각하느냐? 수절이라는
이 두 글자는 그야말로 일구난설이니라! 나는 그것을 겪어
본 사람이다. 너희들에게 지나간 얘기지만 들려주겠노라!"

이렇게 되자 다들 조용히 노파의 말을 귀담아 듣기 시작
했다.

"내가 과부로 되던 해는 열여덟 살이었어. 명문가에서
태어났고 벼슬을 하는 집안에 시집을 왔고 게다가 배 속에
아이까지 생기다 보니 언감생심 다른 생각을 하려야 할 수
없었지. 밤중에 창밖에서 빗소리가 주룩주룩 들려오고 소슬
한 가을바람이 창호지를 두드리고 차디찬 벽에 기대어 가
물거리는 등잔불을 마주하고 있을 때는 정말 견디기 어려
웠어. 와신상담인들 그처럼 뼈를 갉아냈으랴! 한번은 시아
버님의 외조카가 소주(蘇州)에서 나들이를 왔지. 바로 빤
히 건너다 보이는 사랑방에 잠자리를 정했었지. 그 늠름한

모양을 보고는 저도 모르게 마음이 싱숭생숭해졌지. 밤이 깊어 시부모님들이 깊이 잠들자 그 조카님 방에 저절로 발길이 옮겨지는 걸 도저히 말릴 수가 없었네. 문밖으로 나가려다가 가만히 생각하니 스스로도 부끄러워서 결국 주저앉고 말았어. 하지만 들뜬 마음은 여전히 걷잡을 수 없었지. 다시 몸을 일으켜서 나가려고 했지만 끝내 용기를 낼 수 없었지. 이러면 안 된다고 자제하며 종당엔 욕망을 무참히 포기하고 말았어. 이렇게 방 안에서 오락가락하다가 또 저도 모르게 조카님 방으로 발길이 옮겨졌어. 나로서 자가당착에 잠긴 거지. 후유, 그런데 주방에서 종년들의 구시렁거리는 말소리가 들리니 또 숨을 죽이고 방에 되돌아오고 말았지. 이러기를 몇 십 번이었던가?! 나중엔 저도 몰래 피곤한 나머지 잠이 들었네. 꿈속에서 그 조카님의 방에 들어가니 누군가 등잔불 밑에서 책을 읽고 있었네. 속심을 털어놓고 정담을 나누고 휘장을 열고 침대에 오르려고 하는데 웬 사나이가 침대 위에 앉아 있는 게 아닌가. 머리가 흐트러지고 얼굴에는 피가 낭자할 줄이야……. 맙소사, 베개를 두드리면서 통곡을 하고 있는 게 아닌가! 유심히 살펴보니 다름 아닌 죽은 남편이었네! 그래서 소리를 지르면서 잠에서 깨어났네. 취생몽사, 남가일몽을 깨고 보니 등잔불은 여전히 머리맡에서 가물거리고 있었지. 때는 이미 삼경이 지났는데 아이가 강보에서 젖을 먹겠다고 앙앙 울어 대기 시작했지.

그리하여 처음에는 소스라쳐 놀랐고 그 다음에는 내 몰 골이 초라하게 느껴지고 종당에는 내 행실이 추접해 보였 네. 남자생각은 마치도 봄눈처럼 스르르 녹아내리고 말았 지. 나는 그때부터 마음을 고쳐먹고 양가의 절부로 자리를 굳히기 시작했네. 만일 그날 밤에 주방에서 종년들의 말소 리만 들려오지 않았어도 한평생 청백함을 간직할 수 있었 겠나? 어디 그뿐이랴? 악몽만 꾸지 않았어도 자칫 망발이 횡행할 수 있었을지도 몰라. 저승에 간 고인한테 미안한 일 을 하지 않는다는 보장은 없는 거야. 내 경우만 보아도 한 평생 수절한다는 것이 얼마나 어려운 일인가를 알 수 있지 않느냐! 이러하니 억지로 수절을 하기보다 재가를 하는 편 이 한결 낫느니라!"

노파의 유언으로 들려진 일장설화는 자녀들의 심사숙고 를 자아냈다.

금강산도

　금강산도란 금강산의 내외풍경을 소재로 그린 실경산수화이다. 풍악도, 해산도(海山圖), 해악도라고도 불렀다. 금강산신앙과 자연의 빼어난 조화력이 응집된 절경을 통해 승경락도(勝景樂道)하던 풍류사상을 배경으로 제작되었다.

　금강산도는 화가들의 직접 탐승에 의한 사생과 이를 토대로 정형화된 범본(範本)에 의해 그려지면서 조선 실경산수화의 발전에 선도적인 구실을 했다. 형식은 일만이천봉을 한 화면에 담은 전경도(全景圖) 또는 총도(總圖)와 실경별로 따로 그린 각경도로 구분된다. 각경도로는 만폭동, 불정대총석정, 정양사, 묘길상, 보덕암, 명경대장안사, 구룡폭포, 표훈사, 혈성루, 만물초, 해산정, 비로봉 등이 많이 그려졌다.

금강산이 그림으로 제작되기 시작한 것은 고려 후기로 ≪화
엄경≫의 ≪제보살주처품≫(諸菩薩住處品)에 나오는 담무갈보
살(曇無竭菩薩)이 머무는 불교의 성지로 알려지면서부터였다.
금강산에 담무갈보살이 머문다는 믿음은 중국의 원나라 황실
과 귀족층에까지 알려져 뛰어난 절경과 함께 천하의 명산으로
크게 각광을 받게 되면서 황실을 비롯해 금강산을 직접 참배
하지 못한 사람들을 위해 그려지기 시작했다.

고려 후기에 제작된 금강산도는 현재 전하지 않지만 노
영(魯英)이 1307년 그린 '담무갈현신도'의 배경을 이루는
금강산 암봉의 부분적인 모습을 통해 화풍을 엿볼 수 있다.
조선 초기에는 명나라 황실과 중국사신을 위한 사대용으로
금강산도가 많이 그려졌다. 황제에게 보내는 것은 비단 바
탕에 옥축으로 포장했고 사신들 선물용은 종이 바탕에 오
매(烏梅)로 축을 했다.

이들 그림은 안귀생(安貴生), 배련(裴連)과 같이 당시 최
고의 화원들에 의해 제작되었으며 사신들이 보고 크게 찬
탄했을 정도로 정교하고 뛰어났다고 한다. 1469년 조선에
서 구해 간 금강산도가 비로봉을 주봉으로 일만이천봉을
한 화폭에 담은 것으로 기록되어 있어 전경도 형식이었던
것으로 짐작된다.

금강산도는 17세기를 전후해 김제, 이경윤(李慶胤), 조속
(趙涑) 등의 문인화가들에 의해 그려지면서 일반 감상용으

로 성행하기 시작했다. 이러한 흐름은 18세기 전반 정선(鄭敾)에 이르러 절정에 달했다. 정선은 여러 차례 금강산을 탐승하면서 그 특색을 파악하고 실경에서 받은 감동을 승화시켜 독특한 화풍을 형성하고 조선 후기 진경산수화의 새로운 장을 열었다. 음양의 조화원리를 토대로 기존의 수묵화법과 새로운 남종화법을 융합하고 예각적인 필법과 창윤한 묵법의 대조적인 기법을 통해 이룩된 그의 화풍은 심사정(沈師正), 최북(崔北), 김유성(金有聲), 김응환(金應煥), 이인문(李寅文), 김홍도(金弘道), 정황(鄭榥), 정충엽(鄭忠燁), 장시흥(張始興), 이유신(李維新), 김윤겸(金允謙), 김득신(金得臣) 등에게 파급되어 정선파가 형성되면서 조선 후기 화단을 크게 풍미했다.

그리고 통신사절단을 따라 도일했던 최북과 김유성 등은 이케노 다이가[池大雅]와 우리카미 교구도[浦上玉堂]와 같은 일본 에도 시대 남화의 대가들에게 영향을 주었다.

조선 후기에는 이 밖에 서민들의 금강산도에 대한 수요가 크게 늘어나 민화와 목판화로도 널리 제작되었다. 특히 민화의 경우 신선사상 등의 기복적이고 길상적인 민간신앙과 결부되어 사랑방의 장식용 병풍으로 많이 그려졌으며 정선화풍의 도식화 현상과 함께 형태의 추상적인 변형과 파격적인 구도를 통해 독특한 조형세계를 보여 주었다. 금강산도는 일제강점기에도 지속되어 일본화가들까지 상당수

참여했을 정도로 활발하게 그려졌으며 수묵담채화와 함께 유화(油畵)로도 다루어지면서 사생적이고 사실적인 풍경화로 발전하였다.

대표적인 작품으로 정선의 '만폭동', '해악전신첩', '금강전도'를 비롯하여 김홍도의 '금강4군첩', 이인문의 '단발령망금강산도', 김응환의 '금강산화첩', 정수영의 '해산첩', 김윤겸의'금강산화첩', 김규진의 '총석절경도', 변관식의 '외금강삼선암도', 문화춘의 '내금강의 아침'등이 있다.

다듬이질

다듬이질은 천을 다듬는 전래방식의 하나이다.

옷이나 이불호청 등을 세탁한 후 풀을 먹여 약간 말려 손질한 다음 다듬잇돌 위에 올려놓고 방망이로 두드린다. 풀을 먹여 두드리면 천이 견고해지고 매끄럽게 된다. 골고루 두드리기 위해서는 여러 번 접어가면서 윤이 나도록 다듬는데 이렇게 함으로써 자연섬유 특유의 광택과 촉감을 살릴 수 있다.

다듬잇돌은 옷감을 다듬을 때 밑에 받쳐 놓는 돌로 결이 단단하고 매끄러운 돌로 만든다. 중앙부분이 약간 위로 올라와 완만한 곡선을 이룬 장방형으로 윗면은 반드럽게 손질되어 있다. 양쪽 밑으로는 손을 넣어 들 수 있도록 둥그런 홈이 파여 있다. 다듬이 방망이는 박달나무같이 단단한

나무를 깎아서 쓴다.

다듬이질은 우리민족의 생활풍습상 매우 운치 있는 멋의 하나이다. 어쩌면 우리만의 독특하면서도 정결한 민성인지도 모른다. 타족타국에서 백의동포가 너무 깨끗해 곧잘 자칫 결벽증칭호를 받는 원인 중의 하나가 바로 다듬이질과 무연치 않음을 기이지 않는다.

흔히 아낙네들은 품앗이로 넓은 대청에 모여 이불 호청을 마주 붙들고 잘 접어 다듬잇돌 위에 올린 후 발로 밟고 올라 다져서 천을 가지런히 해 두고 방망이질을 한다. 혼자서 하는 경우도 있지만 서로 마주보며 두드린다.

깊은 밤 다듬이질 소리가 아련히 그리고 웅숭깊게 들리는 풍치는 예로부터 많은 시인과 묵객(墨客)들의 시에도 등장했다. 당시(唐詩)에도 "바람결에 곳곳에서 다듬이소리"라 했으니 다듬이질은 중국에서도 꽤 번창하게 성했나 보다. 《규합총서》(閨閤叢書)에는 "진홍다듬기는 대왐풀에 아교를 섞어 먹이고 무명과 모시는 풀을 매우 세게 말아야 하고 옥색은 대왐풀로 다듬되 아무 풀도 먹이지 말고 야청(野靑)은 아교풀을 먹인다"고 하여 다듬이질의 세세한 면을 언급하고 있다. 여기에서 대왐풀은 바로 자란(紫蘭)을 말한다.

다음이질의 전통문화가 전기다리미, 세탁소에 의해 한발 뒤로 물러섰으나 순백과 정결 그리고 미질의 천성은 여전히 세대를 이어간다.

손돌풍 전설

10월 20일에 관례적으로 불어오는 심한 바람을 손돌풍 혹은 손석풍이라 한다. 이 손돌풍의 유래에 대해서는 그 배경내막인 "손돌풍 설화"를 통해서 잘 알 수 있다. 또한 손돌목의 지명과도 관련이 있으므로 손돌목 전설 또는 손돌 전설이라고도 한다.

이는 음력 10월 20일께 부는 차가운 바람신인 손돌신의 신화이며 한국 경기도 김포군과 강화군 사이에 있는 손돌목이라는 여울의 지명유래담이다.

손돌 설화의 기본형은 손돌목, 손돌무덤이 있는 한국 강화, 인천지방을 중심으로 전승되어 왔다. 손돌풍설화의 전형적인 줄거리는 다음과 같다.

고려시대 몽고군의 침입으로 왕이 강화로 피난을 할 때 손돌이란 뱃사공이 왕과 그 일행을 배에 태워서 건너게 되었다. 손돌은 안전한 물길을 택하여 초지(草芝)의 여울로 배를 몰았다. 마음이 급한 왕은 손돌이 자신을 해치려고 배를 다른 곳으로 몰아가는 것으로 그만에 오해하고 말았다. 왕은 급기야 신하를 시켜 손돌의 목을 베도록 명하였다.

이때 손돌은 왕에게 유언 같은 말을 남겼다. 자신이 죽은 후에 배에 있는 박을 물에 띄우고 그것을 따라가면 몽고군을 피하며 험한 물길을 벗어날 수 있다는 말을 남기고 죽었다.

손돌을 죽이자 몽골군이 뒤따라오므로 왕과 그 일행은 사면초가에 빠졌다. 궁여지책으로 손돌의 유언을 들을 수밖에 없었다. 결국 박을 띄워 무사히 강화로 피할 수 있었다. 왕은 손돌의 충성에 감복하여 그의 무덤을 만들고 제사를 지내 그 영혼을 위로하였다.

손돌이 억울하게 죽은 날이 바로 10월 20일이었다. 그러므로 그 뒤 이날이 되면 손돌의 원혼에 의해 매년 추운 바람이 불어온다고 전했다. 이를 손돌풍이라 하고 이 여울목을 손돌목이라 하게 되었다.

손돌목은 강화도와 육지 사이의 좁은 곳으로 바닷물이 급류를 이루고 있어서 지금도 배가 지나가면 조심을 해야 하는 곳이다. 그래서 강화도 사람들은 손돌풍이 부는 날에는 배를 타지 않는다고 한다. 또 어부들은 이날 바다에 나가는 것을 삼가하고 평인들은 겨울옷을 마련하는 풍습이 생기게 되었다고 한다.

이러한 손돌풍에 관해서는 홍석모(洪錫謨)의 ≪동국세시기≫에도 그 기록이 보인다. ≪열양세시기≫(洌陽歲時記)는 조선 후기 한양의 세시풍속을 기록한 책인데 1819년(순조 19) 김매순(金邁淳: 1776~1840)이 저술했다. ≪열양세시기≫는 ≪동국세시기≫보다 약 30년 먼저 서술된 책이다. ≪동국세시기≫보다는 간략하며 주로 서울을 중심으로 한 풍속이다. ≪동국세시기≫는 의례에 가까운 관청의 풍속을 많이 수록한 데 반해 민간풍습에 주력하고 관청의 경우도 풍속에 가까운 내용들을 기록했다. 확실히 10월 초에는 강화도로 가는 바다 가운데에 암초가 있는데 그곳을 손돌목이라 한다. 그리고 방언에 산수가 험하고 막힌 곳을 목이라 했었다.

지금도 이날이 되면 바람이 불고 추위가 매우 극렬하므로 뱃사공들은 경계를 하고 집에 있는 사람도 털옷을 준비한다고 한다. 이는 한국의 기후로 봐서 이때가 되면 계절풍이 불고 따라서 몹시 추워지므로 여기에 손돌의 원한에 대한 이야기가 붙어서 이러한 풍속이 형성된 것으로 보인다.

평양기생은 예능인이었다

한국서 19세기 기생문화 기록 ≪녹파잡기≫를 발견했다. 한국 명지대 안대회 교수가 2006년에 새로 발굴했다. 공개한 ≪녹파잡기≫는 19세기 전반 색향(色鄉)으로 알려진 평양의 기방문화와 기생들의 세계를 보여 주는 자료로 중요한 연구가치와 소장가치를 지닌다. 특히 평양기생은 뛰어난 기예를 소유한 예기가 많았기 때문에 당시 공연예술과 관련된 내용도 풍부하게 수록되어 있어 풍속사 자료로서의 의미도 크다.

개성 명문가 출신의 실의한 문사인 한재낙이 서정성 풍부한 문장으로 묘사한 인물들은 평양기생 가운데서도 명성이 자자했던 기녀들이다. 그는 유명한 명기를 일부러 찾아가 음악을 듣고 춤을 구경하는 등 직접 만나보고 경험한 사연을 상세하게 기록했다. 특히 기생을 색정적인 기준에서 묘사하기보다는 비범하고 고결한 정신을 소유한 예능인의 시각에서 보려 한 점이 특징이어서 예술성, 사회성, 전문성 을 구비한다.

전 2권 중 67명의 기생의 삶을 묘사한 권 1에서 가장 먼저 나오는 기생은 서울에도 널리 알려진 기생화가였던 죽향(竹香)의 언니 죽엽(竹葉)이다. 한재낙은 "죽엽은 자태가 풍성하고 풍류가 세련되었다. 말솜씨는 호방한 선비와 같고 가곡솜씨는 당세에 우두머리다."와 같이 서두에서 기생의 용모와 개성을 묘사한 뒤 직접 만나 본 죽엽의 인상을 전하고 있다.

마침 저자가 찾아갔을 때 병석에서 일어나 그를 맞이한 죽엽은 가을날 서울과 개성 등지를 유람하며 보고 느낀 감상을 인상 깊게 말한 뒤 다음과 같이 덧붙인다.

"아아! 첩의 나이 벌써 스물넷이랍니다. 언젠가는 사내를 만나게 될 테고 그 남자의 속박을 받게 되겠지요. 그러면 어떻게 제 평소의 꿈을 이룰 수 있겠어요? 마땅히 봄가을 좋은 날에 명승지를 골라 거문고를 안고 가서 마음껏 노닐어 늙지 않은 이 시절을 놓치지 말아야지요."

한 남자에게 매이기 전에 자유롭게 노닐고픈 소망을 말한 것으로 속되지 않고 멋진 풍류를 지닌 여성이라는 느낌을 갖게 만든다는 것이 안 교수의 설명이다.

진홍(眞紅)이란 기생의 경우 역시 절륜하고 율동적이다. 저자는 "낮잠을 막 깼을 때 옅은 달무리가 생겨 봄날 같아서 교태와 부드러움을 이루 다 표현하지 못할 듯하다"고 낮잠을 자고 일어났을 때의 육감적인 미모를 묘사한다. 이어 소담한 화장을 한 채 붓을 쥐고 난초 잎을 치는 모습을 전하며 그녀의 고아하고 예술적인 취미를 드러내고 있다. 이런 기록들은 당시 평양기방에서 경화거족(京華巨族)들에 못지않은 최고급 문화가 펼쳐지고 있음을 보여 준다고 안 교수는 설명했다.

≪녹파잡기≫에는 기생에게 기대하기 어려운 의로움과 기개, 호방한 멋들도 채록돼 있다. 기생 취란은 "손가락이 가는 파처럼 섬세하고 몸은 옷을 견디지 못할 정도"로 여렸다. 그러나 "담박하여 물욕이 없고 화장품이나 사치품을 남들은 다투어 구하려 추구하지만 그녀만은 홀로 뒷짐 지고 있으며 사람들이 간혹 이익으로 그녀를 유혹하기도 하지만 그때마다 완곡히 물리치곤 했다."고 저자는 당시 상황을 압축적으로 묘사한다.

빗길을 가다가 아홉 살밖에 되지 않은 괴불이라는 사내아이가 자기가 신고 있던 청사 가죽신발을 벗어준 데 감격해 훗날 인연을 맺게 되기를 다짐하는 열한 살 된 기생 초제의 이야기처럼 애틋한 사랑과 가슴 뭉클한 감동을 주는 사연도 있다.

여기에서 우리는 한번 기생의 유래를 재삼 더듬을 필요가 있다.

사전적인 의미로 보자면 기녀(妓女)란 명칭은 크게 나누어 두 가지 의미로 쓰인다.

첫째는 연회에서 노래하고 춤을 추어 여흥을 돋우는 가기(歌妓) 혹은 무기(舞妓)의 개념으로 쓰인다. 가무기(歌舞妓)는 여기(女妓), 여악(女樂), 예기(藝妓), 성기(聲妓), 해어화(解語花) 등의 명칭으로 불리기도 한다. 이들은 음악(音樂), 무용(舞踊), 문학(文學) 등 다방면의 교양을 두루 갖춘 예능(藝能) 종사자였다.

둘째는 매음(賣淫)을 업으로 삼는 창기(娼妓)의 뜻으로 쓰이기도 한다. 창기(娼妓)는 창부(娼婦), 창녀(娼女) 등의 명칭으로도 불린다.

기생(妓生)이라는 명칭도 널리 쓰이는데 이는 중국문헌에서는 발견되지 않는 우리식 한자어이다. 기생(妓生)은 창기(娼妓)보다는 가무기(歌舞妓)의 의미가 훨씬 강하게 내포된 개념이다. 구한말에 이르러서는 기녀(妓女)의 수가 폭증하면서 그 등급을 일패(一牌), 이패(二牌), 삼패(三牌)로 구분하였다. 이 중 일패(一牌)는 기생(妓生)이라 불렸고 이패(二牌)는 은근자(殷勤者), 삼패(三牌)는 탑앙모리(搭仰謀利)라 불렸다. 은근자(殷勤者)란 남들 몰래 매춘(賣春)을 하는 부류를, 탑앙모리(搭仰謀利)는 매춘 자체만을 업으로 삼는 부류를 일컫는 말이었다. 기녀(妓女)의 숫자가 증가하면서 다양한 가무(歌舞)를 배워 예능인으로 인정받던 기생(妓生)에서 은근자(殷勤者)와 탑앙모리(搭仰謀利)가 분화되어 나왔던 것이다.

기녀(妓女)는 관청에 소속된 관기(官妓)와 창가(娼家)에 소속된 사기(私妓)로 분류되기도 한다. 조선시대의 기녀(妓女)란 원칙적으로 관기(官妓)만을 가리키는 것이었다. 그러나 기녀(妓女) 중에는 관기(官妓) 외에 창가(娼家)에 소속된 사기(私妓)도 꽤 많았다. 창가(娼家)에서 직접 가무(歌舞)를 가르쳐 기르거나 또는 관기(官妓)를 거두어들인 경우이다.

기녀(妓女)란 본래 가무(歌舞)의 기예를 배워 익혀 나라에서 필요할 때에 봉사하던 여인을 일컫는 말로 원칙적으로는 관기(官妓)를 가리키는 것이다. 따라서 제도적으로 관청에 소속되어 있었으며 신분상으로는 천인에 속했다.

조선시대의 경우 관원(官員)은 관기(官妓)를 간(奸)할 수 없다는 규정이 경국대전(經國大典)에 실려 있었으나 실재로는 관기(官妓)들이 지방의 수령(守令)이나 막료(幕僚)들의 수청(守廳)을 들기도 하였다. 관기(官妓) 제도는 조선조 말까지 존속되었으며 그 소생의 딸은 수모법(隨母法)에 따라 어머니의 신역(身役)을 계승하도록 되어 있었다.

기녀(妓女)의 활동기간은 15세부터 50세인데 어린 기녀를 동기(童妓), 나이 든 기녀를 노기(老妓), 노기보다 나이가 많아 퇴역한 기녀를 퇴기(退妓)라고 불렀다.

관기(官妓)는 또 경기(京妓)와 지방기(地方妓)로 나누어졌으며 지방기(地方妓) 중에서도 자색이 뛰어나고 재주가 있으면 경기(京妓)로 뽑히곤 하였다. 경기(京妓) 중에는 약방기생(藥房妓生)이니 상방기생(尙房妓生)이니 하는 것도 있다.

조선시대에 관기(官妓)를 둔 목적이 주로 여악(女樂)과 의침(醫針)에 있었으며 따라서 관기는 의녀(醫女)로서도 활동하여 약방기생(藥房妓生)이라 하였고 상방(尙房)에서 침구(鍼灸)나 재봉(裁縫)의 역할도 담당하여 상방기생(尙房妓生)이란 이름이 생겼다. 그러나 약방기생(藥房妓生)이나 상방기생(尙房妓生)은 본연의 업무 외에도 각종 연회에서 가무(歌舞)를 맡기도 하였다.

조선시대의 기녀(妓女)는 비록 최하층 천민(賤民)의 신세였지만 가무(歌舞)와 시서(詩書)에도 능한 교양인이 많았다. 경기(京妓)의 경우 보통 15세가 되어 기적(妓籍)에 오른 뒤 장악원(掌樂院)에 소속되어 기녀(妓女)로서의 소양을 학습한다. 교육과목은 가무(歌舞), 서화, 대화법, 식사예절 등 타인을 대하거나 즐겁게 할 때 필요한 것이었다.

특히 이들이 상대하는 부류가 왕족(王族)을 포함하여 학문적 수준이 매우 높은 사대부(士大夫)들이었으므로 예의범절은 물론 시문(詩文)에도 능해야 했다. 조선시대의 기녀 중에서는 관기(官妓)뿐만 아니라 일반 창가(娼家)에 속한 사기(私妓) 중에서도 명기(名妓)가 수없이 배출되었다. 송도(松都)의 창기(娼妓) 황진이(黃眞伊)나 부안(扶安)의 창기(娼妓) 계랑(桂娘)이 모두 바로 그러한 사례의 주인공들이다.

기녀(妓女)와 유사한 어휘에는 기생(妓生), 여기(女妓), 가기(歌妓), 무기(舞妓), 여악(女樂), 예기(藝妓), 성기(聲妓), 해어화(解語花), 창기(娼妓), 창부(娼婦), 창녀(娼女) 등의 수많은 명칭이 있다. 이 중 우리는 '기녀'(妓女)라는 명칭을 대표적 어휘로 사용하고자 한다.

기생(妓生)이라는 말은 중국에서는 전혀 쓰이지 않던 우리식 한자어이다. '기'(妓)자에 '생'(生)이 결합된 말일 터이지만 그 어원을 고증하기는 어렵다. 다만 남성 세계에 '서생'(書生)이 있듯 여성 세계에는 기생(妓生)이 있었던 것이니 그 의미가 자못 고상하게 들린다. 우리 선조들의 기녀(妓女)에 대한 태도를 엿보게 해 주는 말이다.

그러나 현대인들에게는 기생(妓生)이라는 어휘의 개념이 그리 고상한 의미로 인식되지는 않는 듯하다. 기생(妓生)이라고 하면 곧잘 한말(韓末) 이후 일본 제국주의 시대에 성황을 이루었던 요정(料亭)에서 기거하던 기녀(妓女)들을 방불케 하기 때문이다.

여기(女妓)라는 어휘는 기녀(妓女)와 거의 동일한 뜻을 지녔지만 보편적으로 사용되는 말이 아니어서 기녀(妓女)라는 어휘의 대표성에 미치지 못하는 듯하다. 가기(歌妓), 무기(舞妓), 여악(女樂), 예기(藝妓), 성기(聲妓) 등의 어휘는 기녀(妓女)의 전문 예능인으로서의 성격을 웅변하는 개념이다.

노랫소리가 듣는 이의 심금을 울리면 가기(歌妓) 혹은 성기(聲妓)로 칭송을 받고 춤사위가 아름다우면 무기(舞妓)로 칭송을 받고 가무(歌舞)에 두루 능통하면 여악(女樂) 또는 예기(藝妓)로 칭송을 받았다. 그러나 이러한 어휘들은 기녀(妓女)의 기능적 성격만을 지나치게 강조한 개념이다. 기녀(妓女) 가운데 가기(歌妓)도 있고 성기(聲妓)도 있고 무기(舞妓)도 있고 여악(女樂)도 있고 예기(藝妓)도 있는 것이다. 이 개념들을 통칭하는 어휘로는 기녀(妓女)가 적절한 것으로 보인다.

해어화(解語花)란 말은 자못 운치가 있다. 해어화(解語花)란 "말을 알아듣는 꽃"으로 후에는 미인(美人)을 뜻하는 의미로도 쓰였다.

따뜻한 초여름의 어느 날이었다고 한다.

당나라의 수도 장안(長安)의 태액지(太液池)란 연못의 연꽃은 눈이 부실 정도로 아름다웠다. 현종(玄宗)과 양귀비(楊貴妃)의 행렬이 연꽃을 감상하기 위해 이 연못에 이르렀다. 그러나 현종의 눈에는 그 어느 것도 옆에 앉아 있는 양귀비보다 더 아름다울 수는 없었다. 그래서 주위의 궁녀를 돌아보면서 "여기 있는 연꽃도 해어화(解語花)보다는 아름답지 않구나."라고 하였다고 한다.

원래 해어화(解語花)란 천하절색 양귀비를 두고 한 말이었던 것이다. 조선시대 선비들은 그들의 시와 풍류를 알아듣는다 하여 기녀(妓女)들을 해어화(解語花)라고 하였다. 그러나 선비들과 더불어 시문(詩文)을 수창할 수 있는 문학적 재주를 지녔다고 하더라도 양귀비와 같은 절색의 기녀(妓女)가 아니라면 해어화(解語花)의 칭송을 들을 수가 없겠다.

창기(娼妓), 창부(娼婦), 창녀(娼女) 등의 어휘에는 예능종사자로서의 개념이 중심을 이루는 기녀(妓女)란 의미 외에 몸을 파는 여자라는 부정적 의미가 내포되어 있는 것이 사실이다. 관기(官妓)란 말은 있어도 '관창'(官娼)이란 말은 없는 데서 보듯 창기(娼妓)는 민간에서 사사로이 운영하는 창가(娼家)에 소속된 사기(私妓)이다.

창가(娼家)란 영리를 목적으로 하는 곳인지라 경우에 따라서는 매춘(賣春)도 성행하였을 것이 당연하였던 것이다. 현대 사회에서도 창녀(娼女)란 말은 통용되고 있다. 어휘는 기녀(妓女)의 개념이 완전히 거세된 채 오로지 매춘녀(賣春女)란 의미로 고정되고 말았다. 물론 창기(娼妓) 출신 중에서도 황진이(黃眞伊)나 계랑(桂娘) 같은 명기(名妓)가 무수히 배출되었다.

그러나 그녀들은 일반적인 창기(娼妓)와는 격을 달리하는 예기(藝妓)들이었다. 그녀들의 전문 예능인으로서의 성격에 훼손이 없으려면 역시 기녀(妓女)라는 보다 보편적인 명칭을 붙여 주는 것이 제격일 것이다.

흔들바위 전설

한국 전라북도 임실군 동부에 있는 오수면 오수리에서 10리 남짓 떨어진 주천리 마을의 맞은편에 높이 솟은 매봉이라는 산이 있다. 이 산 중턱에는 그리 크지도 작지도 않은 바위 하나가 있는데 이 바위는 수십 명의 장정들이 움직이려 해도 꼼짝하지 않는다.

그러나 바람이 조금만 불어도 흔들흔들 하여 흔들바위라고 부르고 있다. 이 바위에는 남매의 애틋한 사연이 전설로 얽혀 있어 찾는 이들의 가슴을 아프게 하고 있다.

아주 오랜 옛날에 이 마을엔 마음씨 착한 오누이가 살고 있었다. 일찍 부모를 여의고 둘은 가난하지만 오붓하게 서로를 의지하며 살고 있었다. 성이 양씨인 이들 오누이는 어려서부터 부모가 없는 서러움을 서로 달래며 튼튼하고 예쁘게 자라났다.

어느덧 세월이 흘러 두 오누이는 장가들고 시집갈 나이가 되었다. 오빠인 양 총각은 힘이 장사였다. 어찌나 힘이 센지 이 마을 사람은 물론 인근 마을사람들까지도 당해 낼 사람이 하나도 없었다.

동생인 양 처녀도 얌전하고 예쁘기가 천사와 같았다. 양 총각은 항상 동생인 양 처녀를 좋은 집에 시집보내는 일이 걱정이었다. 그와는 반대로 동생은 오빠가 빨리 색싯감을 고르는 것이 소원이었다.

그러나 양 총각에게는 마땅한 배필이 나타나지 않았다.

그러던 어느 날 아랫마을에 사는 부잣집에서 양 처녀에게 청혼이 들어왔다. 나무랄 데 없는 청년이어서 오누이는 쾌히 승낙을 하고 이듬해 봄에 성혼하기로 결정하였다. 오빠는 그날부터 더욱 열심히 일하였다.

한 푼이라도 더 벌어서 동생의 혼수마련을 많이 마련해 주고 싶었던 것이다. 동생이 시집을 가는 길엔 시냇물이 흐르고 있어 가마를 타고 건너기가 어려움을 알고 큰 내에 커다란 돌멩이를 들어다가 징검다리도 만들어 놓았다. 어찌나 힘이 센지 짚더미 같은 바위를 마치 자갈이나 돌멩이 다루듯 하였다.

그런데 그해 나라에선 큰 전쟁이 일어나 모든 장정들이

전쟁터에 뽑혀 나갔다. 양 총각도 다른 장정들과 마찬가지로 전쟁터에 나갈 수밖에 없었다.

동생 결혼식을 몇 달 앞두고 전쟁터에 나가는 오빠의 마음은 찢어질 듯 아팠다. 양 장사는 결혼식 전에는 꼭 돌아오겠다고 약속을 하고 누이동생과 헤어졌다.

그러나 이듬해 3월이면 돌아오겠다던 오빠는 2년이 지나도록 소식이 없었다. 아랫마을 총각은 이미 정혼한 사이이니 혼례를 올리자고 하지만 양 처녀는 오빠가 돌아오기 전에는 식을 올릴 수가 없다고 거절했다. 그러면서 날마다 매봉에 올라 높은 바위에 앉아 오빠가 돌아오기만을 기다리고 있었다.

아랫마을 총각은 기다리다 못해 다른 집 처녀를 아내로 맞아들이고 말았다. 그렇게 1년이 또 지난 어느 날 매봉바위에 올라앉아 오빠를 기다리던 양 처녀는 그대로 쓰러져 죽고 말았다.

며칠이 지난 후 전쟁터에서 큰 공을 세운 오빠는 장수가 되어 돌아왔으나 몽매에도 잊지 못했던 누이동생은 보이지 않았다. 마을사람들로부터 누이의 소식을 전해들은 오빠는 가슴이 메어지는 듯한 슬픔에 빠졌다. 가엾은 동생의 한을 어떻게 풀어줄 것인가를 몇 날 며칠 동안을 식음도 전폐한 채 바위를 치며 슬퍼하였다.

이때 양 장사가 바위를 내리치는 바람에 그 큰 바위가

두 동강이 났다. 그 뒤로 이 바위는 조금만 바람이 불어도 흔들흔들 하는 것이었다. 오빠는 죽은 여동생의 넋을 위로 하기 위해 흔들바위 옆에 큰 바위를 들어다가 놓고 그 위에 사모관대 모양의 바위를 얹어 신랑과 같이 만들어 놨다.

후에 마을 사람들이 흔들바위가 밑으로 굴러 떨어질까 두려워서 장정들을 불러 모아 밀어뜨리려 했으나 꼼짝도 하지 않는 것이었다. 뿐만 아니라 이 바위를 건드리자 갑자기 매봉 위에 검은 먹구름이 몰리더니 천둥과 번개를 치면서 소나기가 쏟아지는 것이었다.

사람들은 그 후로 이 바위를 그대로 두고 흔들바위라고 불러오고 있다.

함흥차사

함흥은 지명이름이다. 함흥에 갔던 어긋난 사신이란 뜻으로 한 번 간 사람이 돌아오지 않거나 소식이 없음을 이르는 말이다.

이성계는 새로운 왕조를 창건하여 태조가 된 인물이나 정신적인 고통도 많이 받았다. 그중에서 가장 두드러진 것은 자식들이 서로 죽이는 불상사가 연달아 일어난 일(왕자의 난)인데 그 장본인은 방원이었다. 태조 이성계가 창업을 할 때에 방원이가 큰 공을 세웠다.

그럼에도 불구하고 태조는 계비인 강 씨의 소생 방석을 세자로 봉했다. 이에 방원은 불만을 품고 방석을 옹호하는 정도전 등을 죽이고 방석을 폐묵시켰다. 이렇게 되니 태조가 크게 노하여 장남인 정종을 임금자리에 앉히고 함흥으로 가서 머물러 있었다. 태조는 세상에 뜻을 잃어 왕위를 물려주고 함흥에 가 있었다.

태종 임금이 된 방원은 아버지의 노한 마음을 돌리려고 수없이 문안사를 보냈다.

3대 임금이 된 방원, 즉 태종은 자주 사신을 함흥으로 보내어 부자간의 불화를 풀고자 하였으나 태조는 사신으로 오는 자를 모조리 죽이거나 또는 가두었다.

조선 후기 실학자 이긍익(李肯翊; 1736~1806)이 찬술한 조선 시대의 사서(史書) ≪연려실기술≫(燃藜室記述)을 보면 당시의 사정을 말해 주는 이야기가 전한다.

그 당시에 문안사가 한 사람도 돌아온 이가 없었다. 태종이 여러 신하에게 묻기를,

"누가 갈 수 있는가?"

하니 응하는 사람이 없었으나

판중추부사 박순(朴淳)이 자청하여 갔다.

그는 하인도 딸리지 않고 스스로 새끼 달린 어미 말을 타고 함흥에 들어가서 태조 있는 곳을 바라보고 일부러 그 새끼 말을 나무에 매어 놓았다. 그리고는 그 어미 말을 타고 나아가니 어미 말이 머뭇거리면서 뒤를 돌아보고 서로 부르며 울고 앞으로 나아가려 하지 아니하였다.

그때 태조가 말이 하는 짓을 보고 괴이하게 여겨 물었더

니 그가 아뢰기를

"새끼 말이 길가는 데 방해가 되어 매어 놓았더니 어미 말과 새끼 말이 서로 떨어지는 것을 참지 못합니다. 비록 미물이라 하더라도 지친의 정은 있는 모양입니다." 하고 풍자하여 비유하였다. 태조가 척연히 슬퍼하고 잠저에 있을 때 사권 옛 친구로서 머물러 있게 하고 보내지 않았다.

하루는 태조가 순과 더불어 장기를 두고 있을 때 마침 쥐가 그 새끼를 끼어 안고 지붕 모퉁이에서 떨어져 죽을 지경에 이르렀어도 서로 떨어지지 아니하였다. 순이 다시 장기판을 제쳐 놓고 엎드려 눈물을 흘리며 더욱 간절하게 아뢰니 태조가 이에 서울로 돌아갈 것을 허락하였다.

순이 서울로 돌아가겠다는 태조의 허락을 듣고 곧 그 자리를 하직하고 떠나니 태조를 따라와 모시고 있던 여러 신하들이 극력으로 그를 죽일 것을 청하였다.

태조는 그가 용흥강을 이미 건너갔으리라고 생각되므로 사자에게 칼을 주면서 이르기를

"만약 이미 강을 건넜거든 쫓지 말라!"

고 하였다.

순은 병이 나서 중도에서 체류하였다가 이때에 겨우 강에 도달하여 배에 오르고 아직 강을 건너지 못하였으므로 드디어 그 허리를 베이었었다. 그때에 "반은 강 속에 있고 반은 배 속에 있다."(반재강중반재선) 하는 시가 있었다. 태

조가 크게 놀라 애석하게 여겨 이르기를

"박순은 좋은 친구이다. 내가 마침내 전일에 그에게 한 말을 저버리지 않으리라!"

하고 드디어 남으로 돌아오기로 결정하였다.

태종은 순의 죽음을 듣고 곧 그의 공을 생각하여 벼슬을 증직하였다. 또 화공에게 명하여 그 반신을 그려서 그 사실을 나타냈었다. 그 부인 임씨는 부고를 듣고 스스로 목을 매어 죽었다.

이토록 태조의 심정을 돌리기가 어려웠던 것이다. 결국은 마음을 돌려 서울로 왔지만 이전에 간 문안사는 모두 죽고, 또 보내면 죽고 하여 소식이 있을 리가 없었다. 여기서 '함흥차사'란 말이 나온 것이다.

그리하여 심부름을 가서 소식이 없거나 회답이 더디 올 때에 쓰는 말로 자리를 잡게 된 것이다.

함흥차사를 참고로 해석하는 예문이 또 한 편 있다.

함안차사(咸安差使)이다. 비록 확실한 연대와 인물은 알 수 없으나 고려 말기의 일인 듯 짐작된다.

그 당시 한 사람이 대역죄를 지었는데 조정에서 안핵사까지 내려 보내 죄를 다스리게 하였다.

이 죄인에게는 노아라는 딸이 하나 있었는데 천하절색일 뿐만 아니라 가무며 학문이 능하고 구변이 청산유수였다. 하여 한 번 본 남자는 그녀의 치마폭에 놀아나지 않는 사람이 없었다. 노아는 효성이 지극하여 부친의 생명을 구하고자 스스로 기적에 입적하여 관리들을 홀려 그들의 약점을 이용, 아버지를 벌주지 못하게 하였다.

안핵사로 내려올 때마다 지방 관리들로 하여금 어떠한 핑계로든 잔치를 베풀게 하였다. 그 자리에는 반드시 그녀가 참석하여 미색과 가무, 그리고 모든 아양을 떨었다. 그때마다 수청을 자청하여 안핵사로 하여금 본분의 일을 잊고 주색에 빠지게 하여 차일피일 하다가 돌아가거나 봉고파직케 하였다.

그리하여 조정에서는 최후의 수단으로 성품이 강직, 청렴하고 과단성이 있는 젊은 관원을 뽑아 안핵사에 임명하여 그 죄상을 낱낱이 밝히도록 하였다. 이에 신임 안핵사는 호언장담하기를 "이제 기생을 가까이 아니하고 술을 멀리하여 관리들을 희롱한 노아부터 처벌한 다음 그의 아비를 다스릴 것이다."라며 안핵 길에 올랐다.

한편 노아는 밀정을 풀어 신임 안핵사의 일거일동을 손바닥 보듯 훤히 알고는 계획을 마련했다. 안핵사가 칠원현 웃개나루에 당도하여 객주 집에 들러 점심을 들게 하였다. 노아는 계획이 적중함을 기뻐하며 멀지도 가깝지도 않은 지점에서 소복단장으로 구경꾼 속에 끼어 들락날락하며 안핵사의 시선을 끌기에 노력하였다.

안핵사의 낯선 고장의 산천경개와 굽이쳐 흐르는 낙동강

을 바라보며 노독을 풀던 중 무심코 구경꾼들을 쳐다보았다. 이때다. 멀게 가깝게 아른거리는 한 여인이 눈에 띄었다. 천상의 선녀가 하강하여 노니는 듯 백학이 알을 품고 구름 속에서 춤을 추듯 벌 나비가 꽃밭에서 춘광을 희롱하듯 하여 정신이 아득하고 눈앞이 삼삼하여 황홀경에서 벗어날 줄을 몰랐다.

이곳은 타고을이라 잠시 방심한 그는 몸이 불편하다는 핑계로 하룻밤 투숙하기를 명하고 주인을 불러 넌지시 소복여인에 대해 물었다. 주인은 한숨만 쉬면서 말이 없더니 "그 아이는 누구의 딸이 온데 박복하게도 얼마 전 남편과 사별하고 시가에서도 의탁할 길이 없어 잠시 소인에게 돌아와 있는 중이옵니다!"고 하였다.

안핵사는 속으로 "옳다, 잘됐구나!" 하며 무릎을 치고는 슬그머니 주인의 손에 동전을 쥐어 주며 오늘밤 상면케 해 줄 것을 청했다.

주인은 딱 잡아떼며 말하기를 "여식은 비록 비천한 소인의 소생이오나 내칙제서(內則諸書: 여자의 행실과 법도를 적은 책)며 일반 학문을 익혀 정절을 소중히 하고 있사오니 천부당만부당 한 줄로 아옵니다."라고 알렸다.

더욱 초조하고 마음이 들뜬 그는 애원조로 거듭해서 간청하자 못이기는 체하는 말이 "하룻밤에 만리장성을 쌓는다 하였으니 부디 버리지 않는다는 약조만 하신다면 한 번

권하여 보겠나이다!" 하니 그는 그러마고 거듭 다짐하며 멋모르고 좋아했다.

일이 계획대로 척척 진행되니 능청스런 노구와 간교한 노아는 기뻐 어쩔 줄 몰라 했다. 이윽고 해가 지고 밤이 이슥해지자 주안상을 곁들여 안핵사의 방을 찾아 들었다. 낮에는 먼발치로 어름어름 보았으나 곱게 단장하여 촛불 앞에 앉은 노아를 본 순간 빼어난 절색에 그만 정신이 날아갈 것 같았으며 무상한 인생과 덧없는 세월로 늦게 만난 것을 탄식하였다.

그럭저럭 회포를 풀고 동침을 권하자 노아는 안색마저 변하며 일언지하에 거절하였다. 그럴수록 애간장이 탄 그는 섬섬옥수를 부여잡고 간청하니 대장부의 체면이 말이 아니었다.

그러자 노아는 이제는 되었겠지 생각하고 마지 못하는 척하며 응하였다. 그러면서 다시는 버리지 않겠다는 자문을 받은 후에 원앙금침 속에 들었다. 함안에 도착한 안핵사는 왕법을 문란케 한 요녀 노아를 대령시켜 극형에 처하라고 추상같은 명령을 내렸다.

동헌 앞뜰에 끌려 온 노아는 "능지처참의 죄를 범하였다 할지라도 마땅히 공사(供辭; 변명서)를 보시고 결정함이 국법이온데 무조건 벌주심은 과한 줄 아옵니다. 엎드려 바라옵건대 공사를 먼저 보시옵소서!"하니 안핵사가 그 말을 옳게 여겨 공사를 보니 아비의 사연을 먼저 쓰고 끝에 시 한 구절을 적었다.

노아옥비 시수명(盧兒玉臂 是誰名)
- 노아의 옥 같은 팔에 그 누구의 이름인고
각입기부 자자명(刻入肌膚 字字明)
- 살갗에 깊이 새겨 자자히 완연하다.
영견낙동 강수진(寧見洛東 江水盡)
- 차라리 낙동강 물의 마름을 볼지언정
첩심종불 부초맹(妾心終不 負初盟)
- 이 몸이 맺은 맹세 변할 줄이 있으랴.

안핵사는 깜짝 놀라 바라보니 지난밤에 만나 백년 천년을 같이 하자던 그녀가 아닌가?

이때에야 비로소 그녀의 간계에 속은 것을 알았으나 엎질러진 물이었다. 안핵사는 갑자기 병을 빙자하여 치죄를 중지하고 영원히 관직에서 물러났다고 한다.

그리하여 강원도 포수나 함흥차사와 같이 한 번 가면 다시 돌아오지 않는다 하여 함안차사란 말이 생겨났다고 한다.

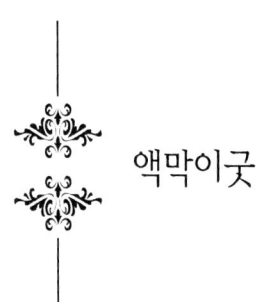

액막이굿

　개인, 가정, 마을에 닥치는 질병, 고난, 불행 등을 예방하기 위해 그 매개자인 악귀를 쫓는 민속적인 의례가 소위 액막이였다. 해액(解厄), 액풀이, 도액(度厄), 제액(除厄)이라고도 한다. 액막이는 세계 어느 민족에게도 있는데 현대의 관점에서 보면 미신에 불과하지만 병과 재난에 대해 확실히 뚜렷한 대책이 없던 당시에는 일종의 신앙이자 심리적으로 큰 위안을 주는 행위였다. 가장 기본적인 방법은 류감주술(類感呪術)을 이용하거나 악귀보다 더 강력한 상징물, 색깔, 냄새 등을 몸이나 신변에 두는 것으로 십자가, 각종 부적(符籍) 및 신라에서 역신(疫神)을 쫓았다는 처용의 형상 등이 모두 여기에 속한다.

종이돈을 일명 또 조전(造錢), 제천정(祭天錠)이라고도 한다. 중국에서는 축제나 제사 때에 지전을 제단에 올리거나 태우기도 한다. 설날 차례를 지낼 때에 절을 한 다음 분전량(焚錢粮)이라 하여 황색 종이에 돈의 형태를 찍은 황전(黃錢), 마제은(馬蹄銀)의 형태인 원보(元宝), 천장지(千張紙) 등을 태운다. 사천지(祀天地) 때에 황전 등과 함께 지전을 제단에 올렸다가 태우는 곳도 있다. 설날 아침 일찍 이 대문을 열 때에도 반드시 향을 피우고 지전을 사르며 폭죽을 터뜨린다. 설날 가묘(家廟)에서 조상에게 제사할 때 지전을 넣은 봉지를 태운다. 정월에 조령(祖灵)을 맞이할 때에는 붉은 종이봉지를, 장례식과 법사(法事) 때에는 흰색이나 황색봉지를 사용하며 그 속에 위패모양을 인쇄한 황지나 명전(冥錢)으로 금은 등 갖가지 색의 지전과 황지를 넣어서 불사른다. 복건성, 광동성, 귀주성 등 화남(華南) 지방에서는 황지와 백지를 돈 모양으로 잘라서 설날에 떡갈나무 가지에 매다는 관습이 있다. 황지는 황금을, 백지는 은을 나타내는데 이것은 저승사자에 대한 선물이라고 한다. 명전은 종이에 돈의 형태를 인쇄하거나 돈의 형태로 자른 것으로써 죽은 자가 저승에서 행복하고 유복하게 살도록 불전(佛前) 또는 묘전(墓前)에서 태우는 것이다. 장례행렬 때 지전을 뿌리기도 하며 아기를 원할 때나 순산(順産)을 기원할 때에도 지전을 사르는 풍습이 있다.

하다면 지전 소분(燒焚)이 분명 축제나 제사 때에 사용한 것으로 알려졌지 않는가! 그런데 지금은 또 출국, 오픈, 고찰, 유학, 건축, 해몽, 잉태출산, 이사, 위장결혼, 장사, 진학, 치료 등 종합의미로 다채롭게 활용한다고나 할까? 아니면 그 빈도범주가 부단히 확장되어 새로운 모식을 더 더듬는 중이라고나 할까?

중국에서는 새해 첫날 닭 울음소리와 함께 일어나 폭죽을 터뜨려 사신을 쫓는 일종의 청각형(听觉型) 액막이도 있었다. 한국에서는 액막이가 주로 절기에 따라 행해졌는데 한 해를 시작하는 정월에 많이 몰려 있다. 조선시대의 궁중에서는 설날에 문배(門排)라고 하여 금갑이장군상(金甲二將軍像)을 대궐문 양쪽에 붙였으며 또 종규(鐘馗)가 귀신 잡는 상과 귀두(鬼頭) 모양을 문과 중방에 붙여 액과 돌림병을 물리쳤다. 민간에서는 벽 위에 닭과 호랑이 그림을 붙여 액을 물리쳤으며 금줄을 치고 체를 마루 벽이나 뜰에 걸어서 초하룻날 밤에 내려오는 야광귀(夜光鬼)를 물리쳤다. 그리고 그해에 3재(叄灾)가 든 사람은 머리가 셋이고 몸뚱이가 하나인 매를 그려 문설주에 붙였는데 이때 3재란 수재(水灾), 화재(火灾), 풍재(風灾) 또는 병난(兵難), 질역(疾疫), 기근(飢饉)을 가리킨다.

나쁜 병을 물리치기 위해 설날에 지난 1년간 빗질할 때 빠진 머리카락을 황혼녘에 문밖에서 태우는 소발(燒髮) 액막이도 있었다. 아이들의 나이가 제웅직성(直星)에 들면(남자 10세, 여자 11세) 정월 14일에 제웅 안에 돈과 성명, 출생년의 간지(干支)가 적힌 종이를 넣어 길가에 버림으로써 그해의 액을 막았다. 또 아이들은 청색, 홍색, 황색 등을 칠한 3개의 호리병박이라는 호로(葫芦)를 색실로 끈을 만들어 차고 다니다가 이날 밤에 길가에 몰래 버려 액을 막았다. 정월 15일에는 '액', '송액'(送厄), '송액영복'(送厄迎福) 등을 쓴 액연(厄鳶)을 띄워 놀다가 저녁 무렵에 줄을 끊어서 그해의 재액을 막았다. 5월 5일 단오에는 여자들이 창포(菖蒲)물로 머리를 감고 두통을 앓지 않는다 하여 창포 뿌리를 깎아 비녀로써 머리에 꽂았는데 더러는 수복(壽福)을 기원하고 일부는 재액을 물리치기 위해 그 비녀에 '壽'자나 '福'자를 새기고 끝에 연지를 발랐다. 상류층에서는 관상감에서 만든, 주사(朱砂)로 박은 천중적부(天中赤符)이거나 단오부(端午符)를 문설주에 붙여 재액을 막았다. 6월 15일 유두의 액막이에 관해서는 ≪동국세시기≫(東國歲時記)에 다음과 같은 기록이 있다. "경주의 유속(遺俗)에 의하면 6월 보름날에 동쪽으로 흐르는 물에 가서 머리를 감아 불상(不祥)한 것을 씻어 버린다. 그리고 액막이로 모여 마시는 술자리인 계음(禊飲)을 유두연(流頭宴)이라 했으니 국속(國俗)에는 이로 인하여 유두라는 속절(俗節)이 생겼다." 또 이날 밀가루로 구슬 모양의 유두면(流頭麵)을 만들어 먹거나 오색실로 유두면을 꿰어 차고 다님으로써 액막이를 했다. 6월 이후의 액막이로 두드러진 것은 동짓날에 팥죽을 먹고 그것을 문짝에 뿌려 벽사(辟邪)한 풍속을 들 수 있다. 또 마을 단위의 액막이로 동제(洞祭)가 있다. 액막이의 의식이 이렇게 6월 이전에 몰려 있는 것은 액막이의 예방적 성격 때문이기도 하지만 액막이의 주 대상인 각종 질병과 전염병이 대부분 여름에 발생하기 때문이다.

서구의 과학문명이 세계에 유입된 이후에 액막이는 벽사(辟邪)와 질병예방의 본래적 기능에서 탈피해 고유의 풍속으로 전해졌다. 현대에는 그 맥락이 미약해진다. 주변을 피뜩 둘러봐도 확실히 마의, 장삼, 염불, 합장배례, 관세음보살, 시주, 아미타불, 소승, 취암사, 법당, 백팔염주, 육환장 등 낱말과 사물들이 거의 사라져가거나 퇴색을 다그치는 와중이다. 더는 주술이나 마법을 믿지 않는 것으로 현대이념을 주장한다. 새로운 정보교류와 첨단발전은 부단히 새 사물을 탐구하고 우주를 노크하고 지하를 진맥한다. 액이 얼마나 될까? 재앙(災殃), 앙화(殃禍), 불행(不幸), 불운(不運), 액운(厄運), 액기(厄气), 액난(厄難), 횡액(橫厄), 재액(災厄), 액화(厄禍), 액회(厄會)……. 필자의 졸편이 한 편의 미끈한 벽사문(辟邪文)이기엔 역부족이련만 어디까지나 현실을 감안한 감성을 조금 건드렸다는 압통점에서 위안을 받을까 한다. 신선한 충격은 서로의 새 사상보완의 협력인 줄로 안다.

배뱅이굿의 스토리가 떠오른다. 부모가 처녀로 죽은 배뱅이의 혼령을 위로하는 넋풀이를 하는데 엉터리 박수무당이 교묘한 수단을 써서 거짓 넋풀이를 해 주고 많은 재물을 얻는다는 내용이다. 이제 황당한 액막이굿 쇼를 벌이다가 또 자칫 사기당할까 봐 의구심을 앞세우는 바이다. 벌써 액막이굿 쇼부터 이미 그런 구역에 빠져들었음을 의미하지 않는가! 너무나 쉽게 믿고 너무나 가볍게 흔들리고 너무나 크게 당하기 잘하는 우리에게는 흉내거나 모방의 전술보다는 자기종교의 발단이 우선이 아닐까 싶다. 자아가 크게 결핍하였던 증후군은 여전히 그 알레르기를 고집한다. 번연히 속을 줄 알면서도 행여나 하고 기대를 거는 것은 자기에 대한 확신이 없어서이다. 자기 밖의 토템을 믿는다는 자체도 표방한 대의명분이 허황될 뿐이다.

살풀이란 타고난 살(煞)을 풀기 위해 하는 굿이다. 일명 해살(解煞)이라고 하는데 살(煞)을 풀기 위하여 행하는 주술의례이다. 살은 민간신앙에서 사람을 죽일 수 있는 독기로, 살풀이는 주로 살이 낀 사람의 생일에 행해진다. 간단히 음식을 차리고 곡식을 그릇에 담아 안마당에 놓고 복숭아 나뭇가지로 활을 만들어 메밀로 만든 떡을 화살에 꽂아 밖으로 쏘면서 주언(呪言)을 한다. 살풀이는 푸닥거리와는 달리 잡귀의 침입을 미리 막고자 하는 예방성이 강하다. 살풀이는 또 무속음악에 쓰이는 장단의 하나이기도 하다. 충청도와 전라북도지방 무가의 중심이 되는 장단으로 살풀이계 장단에는 살풀이, 자진살풀이, 도살풀이, 동살풀이 등이 있다. 살풀이장단은 12 / 8박자이고 도살풀이는 6 / 4박자, 동살풀이는 4 / 4박자로 각기 다르다. 살풀이장단으로 부르는 무가, 살풀이장단으로 추는 춤, 살풀이장단으로 연주하는 시나위도 '살풀이'라고 한다.

소진이란 한국 경상북도 영덕의 굿에서 고인의 혼이 깃드는 지전(紙錢)이나 그 밖의 물건을 불에 태워 죽은 이를 깨끗이 돌려보내는 과정을 말한다. 지금은 많이 사라졌으나 과거엔 꽤 유전된 풍속이기도 하였다.

도깨비 옛말

개구쟁이가 가구 안에 들어가 장난친다면 이렇게 으름장을 놓는다.

"얼른 나오지 못할까?" 이불장 속에 도깨비가 숨어 있다.

밤중에 홀로 바깥에 나가 놀려면 부모들이 말리는 이유가 그럴듯하다.

"얘야, 수풀 속에 도깨비가 도사리고 있어. 널 물면 어쩌니!"

과연 도깨비는 위협하고 엄포를 놓는 이용물이다. 살상력이 강한 언어무기이다. 하여 소년소녀들이 도깨비를 제일 두려워하고 혼자 활동하려던 독립성이 주춤한다. 도깨비를 겁내는 아이들의 심리특점이 이렇게 무참히 짓밟힌 거다. 하여 나는 환상 같고 거짓말 같은 도깨비를 결코 겁내지 말라고 선량한 동심을 꼬드기고 싶다 한 것은 작은 무섬증이 결국 나약성으로 고착될 수 있기 때문이다. 대바르고 용감한 무사거나 영웅으로 되자면 우선 봉건미신을 타파해야 한다.

하다면 어른이나 지성인, 엘리트들이 가끔 도깨비 기만극에 속아 자타를 해치는 비극은 또 어떻게 풀이한담? 단순히 속신자결(束薪自決)에 게으른 나태성 때문일까? 소명의식에만 빙자할 바가 아니렷다. 그리하여 도깨비 옛말을 구체적으로 알아두는 것도 낭패 없을 것 같다. 괴물 같고 악마 같은 존재를 철저히 요해할 때 더는 기편에 들지 않고 주체성을 떨칠 거다.

귀신, 허깨비, 염마졸(閻魔卒), 유령, 망혼, 두억시니가 정말 있는가? 한마디로 없다 하겠다.

도깨비란 동물이나 사람의 형상을 한 잡된 귀신으로서의 넋이라고 비긴다. 허주(虛主), 독각귀(獨脚鬼), 망량(魍魎), 이매(魑魅), 독갑이, 귓것이라고도 한다. 독가비의 가비는 갑과 동의음이고 갑과 귀가 같은 의미로 사용되었다. 고어로 '독가비'라는 말은 1458년 '월인석보'(月印釋譜)의 '돗가비니'에서 온 말이다. 한국 전라도에서는 도채비, 도체비, 도치기라고 하며 다른 지역에서는 도까비, 토재비, 토째비, 톡깨비, 홀개비, 홀깨비, 도깨기, 도째비, 터깨비 등으로 부른다. 무속신앙을 받들던 민족패턴과도 무관치 않으리라.

도깨비와 곧잘 연계시키는 것이 유령이다. 유령을 자세하게 분석한 자료를 빌어 그 진가여부를 확인하자. 초심리학에서 관심을 갖는 유령은 위기유령, 재현유령, 공동유령의 세 종류이다. 위기유령(crisis apparition)은 정서적으로 가까운 사람이 위기에 처했을 때 그 모습이 영상으로 나타난 것이다. 살아있는 사람의 유령이므로 대개 한 번 나타난다. 재현유령(recurrent apparition)은 특정한 곳에서 수시로 나타나는 죽은 사람의 혼령이다. 흔히 고스트(ghost)라고 불리는 망령이다. 공동유령(collective apparition)은 여러 사람에게 동시에 나타나는 생자 또는 망자의 넋이다.

유령의 체계적 연구는 19세기 말 영국 심령연구학회(SPR)에 의해 최초로 시도되었다. 5천7백 명에게 위기유령에 관하여 질문한 결과를 묶어 1886년 '생자의 유령'이라는 책을 펴낸다. 이어서 1889년 SPR은 1만7천 명을 대상으로 유령 경험을 조사한다. 9.9%(1,684명)가 위기유령이나 재현유령을 경험했다고 응답했다. 물론 공동유령을 경험한 사람들도 있었다. 이와 유사한 조사가 프랑스, 독일, 미국에서 실시되었는데 2만7천3백29명 중 11.96%가 유령 경험을 털어놓았다. 미국 시카고 대학에서 1980년대에 실시한 여론조사에 따르면 죽은 사람의 유령을 경험한 사람의 비율이 극적으로 증가했음을 알 수 있다. 성인의 42%, 과부의 67%가 영상(78%), 소리(50%), 촉감(21%), 대화(18%) 등으로 재현유령을 경험한 것으로 나타났다.

유령에 관한 이론은 많지만 모든 종류의 유령을 만족스럽게 설명한 것은 아직 없다. 유령의 존재를 믿건 믿지 않건 대다수가 인정하는 이론은 유령을 정신적 환각(hallucination)으로 간주하는 설명이다. 환각은 대응하는 자극이 외부에 없음에도 사막의 신기루처럼 그것을 실재하는 것으로 지각하는 심리적 상태이다. 초심리학자들이 선호하는 대표적 환각 이론은 SPR 창립자들의 텔레파시 이론이다. 위기유령은 죽음이 임박한 친지와 텔레파시로 접촉할 때 생기는 환각이라는 주장이다. 사람의 뇌는 죽음의 위기에 직면한 순간 최후의 생존 시도로서 멀리 떨어진 친지에게 마음으로 상황을 알릴 수 있다는 것이다. 그러나 한 번 나타나는 위기유령은 텔레파시 이론으로 설명이 가능하지만 재현유령이나 공동유령은 텔레파시에 의해 발생된 환각으로 보기 어렵다. 죽은 사람과 산 사람 사이에 텔레파시가 불가능하기 때문이다.

망자의 동일한 유령이 여러 차례(재현유령) 또는 많은 사람에게(공동유령) 나타나는 까닭을 설명하기 위해 일부 초심리학자들은 슈퍼 초감각적 지각(super – ESP) 개념을 동원한다. 슈퍼 ESP는 초심리학 실험실에서 발견되는 전형적인 ESP보다 훨씬 강력한 심령능력을 뜻한다. 슈퍼 ESP로 유령을 설명하는 학자들은 두 가지 색다른 주장을 제안한다. 하나는 무서운 사건이 발생했을 때 그 사건의 전말이 훗날 사람들의 심령에 의해 입수될 수 있는 형태의 정보로 일정 장소에 스며든 것이 유령이라는 주장이다. 가령 처녀귀신이 특정 장소에 계속 나타나는 까닭은 그곳에서 피살당한 처녀의 억울한 마음이 서려 있기 때문이라는 식의 설명이다. 다른 하나의 설명은 환각으로 유령을 본 첫 번째 사람이 받은 충격과 공포감이 해를 거듭할수록 메아리치듯 울려 퍼지면서 여러 사람에게 전달되는 과정에서 유령이 출몰하게 되었다는 주장이다.

결론적으로 두 가지 슈퍼 ESP 해석은 유령이 오로지 살아있는 사람의 심령능력에서 비롯된 것으로 본다. 그러나 다른 초심리학자들은 유령을 사람이 죽은 뒤에도 존재하는 영혼이나 의식에 의해 발생되는 것이라고 주장한다. 이른바 무형존재 이론(discarnate - entity theory)이다. 사람이 죽어 육체가 땅으로 돌아가더라도 영혼은 없어지지 않기 때문에 유령으로 지각된다는 이론이다. 슈퍼 ESP 해석과는 달리 유령이 생자보다는 망자로부터 비롯된다고 보는 것이다. 어쨌거나 두 가지 설명은 모두 순전히 추측에 불과할 따름이다. 대부분의 초심리학자가 동의하는 유령이론은 아직 나와 있지 않다.

폴터가이스트(poltergeist)는 독일어로 시끄러운 소리를 내는(poltern) 영(geist)을 뜻한다. 보통 유령과는 달리 소리를 내고 물체를 움직인다. 따라서 폴터가이스트 현상이 발발하면 이상한 소리와 비명이 들리고 돌이 날아와서 창문이 박살나며 가구 따위의 물체가 움직이거나 파괴되는 일이 생긴다. 기술이 발달하면서 폴터가이스트는 전화와 전자장비를 건드리거나 전구를 켜고 끄는 능력까지 갖게 된다. 어떤 폴터가이스트는 사람을 물거나 때리고 성적 공격을 하기도 한다. 폴터가이스트와 재현유령의 가장 뚜렷한 차이는 존속기간이다. 폴터가이스트 현상은 수주일 또는 수개월 밖에 지속되지 않지만 재현유령은 수년 또는 수십 년까지 존재한다. 요컨대 폴터가이스트는 소리, 물체 이동, 존속기간 등 세 가지 측면에서 여느 유령과 구별된다. 19세기 전까지는 폴터가이스트 현상이 악귀 마녀 또는 재현유령에 의해 발생하는 것으로 생각되었다. 그러나 초심리학자들이 1800년부터 1970년대까지 세계 도처에서 일어난 5백건의 사례를 분석한 결과에 따르면 겨우 9%가 악마, 7%가 마녀, 2%가 죽은 사람의 영혼에 기인한 것으로 나타났다. 80% 이상이 다른 요인에 의한 것으로 드러난 셈이다.

폴터가이스트 현상의 원인을 설명하는 이론은 두 가지의 다른 견해가 있다. 대부분의 초심리학자들은 폴터가이스트 현상이 살아있는 사람의 염력에 의하여 야기된다는 설명에 동의한다. 폴터가이스트 현상이 산사람에 의해 발생한다는 이론은 1930년대에 낸더 포더에 의해 제안되었다. 포더에 따르면 폴터가이스트 소동은 영혼이 아니라 심하게 억제된 분노나 적개심 또는 성적 긴장상태로 고통 받는 사람에 의하여 일어난다. 포더의 심리 기능장애 이론(psychological dysfunction theory)은 미국의 심령연구가인 윌리엄 롤의 지지를 받는다. 롤은 1960년대부터 1백여 개국에서 지금까지 발생한 116건의 폴터가이스트 사례를 연구하여 그가 재현자발염력(recurrent spontaneous PK)이라고 명명한 효과를 확인하였다.

초심리학에서 한쪽에 유령, 다른 한쪽에 폴터가이스트를 두고 그 중간에 자리매김하는 제3의 현상은 헌팅(haunting)이다. 헌팅은 사망자의 유령이 생전에 살았던 집이나 즐겨 찾던 장소 또는 불행을 당한 곳에 출몰하는 현상이다. 헌팅은 재현유령이나 폴터가이스트와 비슷한 점이 많다. 먼저 재현유령처럼 헌팅은 대개 특정 장소에서 발생하며 폴터가이스트처럼 소리가 나고 물체가 움직인다. 한편 헌팅은 대부분의 경우 유령이 모습을 드러냄이 없이 소리와 물체 이동만이 나타나고 또한 그러한 현상이 발생한 흔적이 남겨지기 때문에 재현유령과 차이가 난다.

헌팅이 폴터가이스트와 유사한 점이 있긴 하지만 오랜 세월에 걸쳐 많은 사람에 의해 반복적으로 경험된다는 면에서 구별된다. 헌팅은 여러 사람이 수십 년에 걸쳐 동일한 경험을 하게 되는 현상이므로 간단히 환각으로 단정내릴 수 없다. 따라서 초심리학자들은 슈퍼 ESP 개념에 입각하여 처음에 몇몇 사람이 환각으로 체험한 것이 다른 사람들에게 텔레파시로 전달되기 때문에 장기간에 걸쳐 헌팅 현상이 지속된다고 설명한다.

유령의 존재를 확인하려는 시도 중에서 가장 극적인 것은 전자음성 현상(Electronic Voice Phenomenon)이다. EVP는 보통 청각으로 들을 수 없는 음성을 전자장치로 녹음하는 것을 가리킨다. EVP는 1920년 과학월간 전문지 ≪사이언티픽 아메리칸≫에서 토마스 에디슨에 관한 기사를 게재하면서 처음으로 대중의 관심사가 된다. 발명왕 에디슨이 죽은 사람과의 대화에 사용할 수 있는 장치를 개발 중이라고 주장한 것이다. 그의 아이디어는 과학계로부터 무시당했으며 동시대 사람들로부터 정신이상으로 놀림을 받았다. 에디슨은 1931년 죽을 때까지 약속한 기계를 내놓지 못했음은 물론이다. 훗날 에디슨처럼 EVP연구에 매달린 사람이 몇몇 나타났으나 헛수고로 끝났다. 유령의 존재는 인류의 모든 문화와 역사의 기록에 나타난다. 유령의 존재를 믿거나 직접 체험했다는 사람의 비율이 결코 낮지 않다. 귀신을 다룬 영화나 방송 드라마는 항상 인기를 끌게 마련이다. 이러한 맥락에서 유령이란 무엇이며 왜 인류의 마음속에 새겨지게 되었는지를 과학적으로 검토할 필요는 있다.

그러나 1930년대에 조셉 라인이 유령 폴터가이스트 헌팅 등의 전통적 심령연구로부터 ESP와 PK의 과학적 연구를 분리시키려는 의도로 초심리학이라는 용어를 만들었다는 점을 상기해볼 때 유령을 과학적으로 연구하는 일이 얼마나 무모하고 부질없는 처사인가를 실감하게 될 터이다. 유령은 과학으로 설명될 수 없지만 그것을 본 사람의 마음속에서만은 확실히 존재하는 그 어떤 허상의 이미지가 아닐까 싶다. 그러나 과학적인 입증이 없는 한 모두의 호기심을 불러일으켜 결국 무한한 추구를 달래는가 보다.

유령을 구체적으로 알아보았다면 귀신을 이해하는 것도 그 연관성의 지속이라 할 수 있다.

먼저 귀신을 나타내는 우리말 자료를 살펴보자.

가위 | 자는 사람을 누른다는 귀신.

굴왕신 | 옛날 우리 민간 신앙에서 무덤을 지킨다는 귀신.

그슨대 | 캄캄한 밤에 갑자기 나타나 쳐다보면 쳐다볼수록 한없이 커지는 귀신. 사람을 해침.

꽃귀신 | 어린아이가 죽어서 된 귀신.

두억시니 | 사납고 못된 장난으로 사람을 못살게 구는 귀신.

뜬것 | 떠돌아다니는 귀신.

메 | 귀신이 먹는 밥.

목두기 | 무엇인지 어떤 노릇을 하는지 알 수 없는 귀신.

몽달귀 | 총각이 죽어서 된 귀신.

물할머니 | 옛날 우리 민간 신앙에서 우물이나 샘에 있다는 귀신.

성주 │ 집을 지키고 보호해 주는 귀신.

손 │ 날수에 따라 사방을 돌아다니며 사람의 활동을 방
　　해하는 귀신.

손말명 │ 처녀가 죽어서 된 귀신.

저퀴 │ 사람에게 붙어 몹시 앓게 만든다는 귀신. = 청계.

조왕 │ 옛날 우리 민간 신앙에서 부엌을 맡은 귀신.

주당 │ 옛날 우리 민간 신앙에서 뒷간을 지키는 귀신.

태주 │ 마마를 앓다가 죽은 계집아이의 귀신. 사람의 길
　　　흉화복이나 앞날을 예언하는 데 특히 신통력을
　　　발휘한다고 함.

터주 │ 집터를 지키는 귀신.

음허기(陰虛氣)로서 원시신앙적인 귀신사상에 의하여 형
성된 잡신이지만 음귀(陰鬼)로서의 귀신과는 다르다. 도깨
비는 사람이 죽은 후에 생기는 것이 아니고 사람들이 일상
생활의 용구로 쓰다가 버린 물체에서 생성된다고 한다. 즉
헌 빗자루, 짚신, 부지깽이 오래된 가구 등이 밤이 되면 도
깨비로 변하여 나타나는데 그 형체는 알 수 없으나 도깨비
불이라는 원인불명의 불을 켜고 나타난다고 한다. 또 이 귀
신은 다른 귀신과는 달리 사람에게 악한 일만 하는 것이
아니고 장난기가 심하여 사람을 현혹하고 희롱도 하며 잘
사귀면 신통력으로 금은보화를 가져다주는 등 기적적인 도
움을 주기도 한다고 한다. 성질이 음흉하기 때문에 동굴,

고가(古家), 고목(古木), 옛 성, 계곡 같은 곳에 모여 살다가 밤에 나와 활동한다고 한다.

이중적인 성격을 지니며 심술궂기도 괴팍하기도 하여 사람이 하는 일을 해코지하거나 혼내주기도 한다. 그런데도 괴이한 신통력으로 못된 놈은 골탕 먹이고 착한 사람은 도와주는 친근성도 보여 준다. 이는 여느 귀신의 역할과는 전혀 다름을 알 수 있다. 이는 모두 가상적 공간에서 소망을 모시어 생겨난 토템일 수도 있다.

한자의 귀(鬼)를 도깨비로 알지만 도깨비와 귀신은 다르다. 귀신으로 취급하는 것은 주로 일본의 도깨비들이다. 도깨비는 나타나는 장소나 사는 곳에 따라 산도깨비, 물도깨비, 바다도깨비, 수풀도깨비 등으로 분류한다. 환시, 환각, 환청과 같이 경험자의 심리적인 태도를 기준으로 분류하는 방법도 있는데 소리로 들리는 것은 환청(幻聽), 형체로 나타나는 것은 환시(幻視) 또는 환각(幻覺)으로 처리할 수도 있다. 그러나 이 방법은 불완전하다. 불도깨비와 같이 이동이 심한 것도 있기 때문이다.

도깨비에 대한 관념은 옛날부터 민속적으로 정신적인 바탕을 이루는 요소가 되었기 때문에 이에 대한 여러 가지 설화를 낳았고 그것이 오늘날까지 전해지고 있다. 이를테면 도깨비는 초인적인 괴력(怪力)을 지니고 있으므로 도깨비방망이로 돈과 보물을 내놓기도 하고 황소를 지붕 위에 올려

놓고 솥뚜껑을 솥 속에 넣으며 큰 산을 움직이고 너럭바위를 굴리며 많은 물을 단숨에 마신다는 것이다. 한편 이 괴력으로 심술궂은 일도 많이 하는데 논에 개똥을 가져다 놓으며 밤사이에 가구를 엎어 놓고 구유를 산에다 버리기도 하며 물고기나 궤를 훔쳐간다. 이와 같은 설화는 아직도 민간에서 많은 사람이 은연중에 믿고 있다. 그 단적인 예로 밤에 산길이나 들길을 혼자 걸을 때 은근히 두려운 생각이 들거나 압박감에 사로잡히는 것은 도깨비를 의식하기 때문이다. 도깨비의 형태는 독각귀라는 말처럼 다리가 하나밖에 없으며 그래서 씨름을 할 때에는 다리를 감아야 넘어지고 키가 커서 하반부는 보이나 상반부는 보이지 않아 얼굴을 알 수 없다. 실존물확인이 어려운 형태임을 알겠다. 하느님이나 조화옹, 신선이나 구세주를 현실로 목격한자가 여직 세상에 없듯이.

진(晉)나라의 갈홍(葛洪)은 저서 ≪포박자≫(抱朴子)에서 도깨비를 잘 설명하고 있는데 "산정(山精)도깨비는 모양이 어린애와 같고 외발로 뒷걸음질쳐 걸으며 밤을 좋아하고 사람을 해치는데 그 이름을 소(籍)라고 한다"고 기록되어 있다.

이들은 인간 앞에 다양한 모습으로 나타난다. 눈에 보이는 도깨비는 인간의 모습과 불덩어리로 나타나는 경우가 많다. 인간의 모습으로 나타날지라도 그 정체가 빗자루, 절구공이, 도리깨 등으로 탈바꿈해 출현한다. 도깨비불은 혼불로도 불리는데 이런 불은 민간신앙 중에서도 속신성(俗信性)이 강하다. 도깨비불이 동쪽으로 가면 풍년이 들고 서쪽으로 가면 흉년이 든다는 믿음이 정월 보름날 유풍(遺風)으로 전해진다. 속설에 도깨비불은 사람이 죽으면 뼈에서 인이 나와 밤하늘에 떠도는 빛이라고도 한다.

씨름을 걸어오는 도깨비도 대개 분위기와 환경이 전형적이다. 이들은 대개 방망이를 가지고 다니거나 빗자루 등으로 변신하여 사람을 짐짓 속이고 골탕 먹인다. 술을 먹고 비틀거리며 오는 사람, 다리목, 사람의 통행이 드문 으슥한 곳, 오밤중 등이 도깨비가 출몰하는 조건들이다. 이들은 예로부터 그림이나 민담에 다양한 소재거리를 제공해 왔다. 이와 같이 도깨비가 친근한 것으로 나타나는 것은 장난꾸러기 같은 나쁜 모습 속에서도 왠지 멍청하고 잘 속아 넘어가는 우둔함 등이 사람들에게는 재미있는 느낌을 주기 때문이다. 그 흥취의 상대가 바로 또 역시 인간인거다. 하여 도깨비를 등장하여 인격화 내지 신격화하여 허구상상을 도입하곤 했었다. 때로는 나쁜 이를 벌주고 가난하고 착한 이를 도와주는 착한점, 사람을 속이나 결국에는 그 자신이 속고 만다는 우둔함 등은 도깨비가 주는 친근감의 하나이다. 이 점은 도깨비가 여느 귀신들과는 다른 모습이다. 인간이 만들어낸 설화전기나 민담신화도 바로 도깨비를 상대로 그 어떤 철리나 교양을 취지로 하자는 데 그 목적이 깃들었다.

도깨비와 관련된 이야기들이 많다. 다양한 이야기들이 많이 있으나 도깨비에 대한 인식의 차이에 따라 다음 4가지 유형으로 나눌 수 있다. ① 도깨비를 신성한 존재로 보는 진지한 이야기, ② 도깨비를 악마적 존재로 보는 진지한 이야기, ③ 나무 따위를 도깨비로 경험한 진지한 이야기, ④ 도깨비를 민담 속으로 끌어들인 진지하지 않은 이야기 등이다.

①의 유형에서 도깨비는 인간의 힘으로 할 수 없는 어려운 공사(工事)를 해결하는 신성한 존재이다. 그는 하룻밤 사이에 농사에 필요한 보(洑)나 둑을 쌓으며 못을 메우거나 다리를 놓는다. 따라서 전승집단은 보를 막을 때는 도깨비에게 빌어야 한다고 믿는다. ②의 유형에서 도깨비는 사기꾼 또는 악마적인 존재이다. ≪삼국유사≫의 '도화녀비형랑설화'(桃花女鼻荊郎說話)는 이 유형의 대표적인 이야기이다. 이 설화에서 도깨비는 신성한 존재가 아니라 길달(吉達)처럼 하룻밤 사이에 '귀교'(鬼橋)를 만드는 초월적인 행위를 보여 주다가도 여우로 변신해 도망가 버리고 사람을 홀리는 요괴일 뿐이다. ③의 유형은 ②의 유형에서 발전된 변형담이다. 이 유형의 이야기들은 대개 한 사람이 밤길을 가던 중 어떤 사람이 싸움을 걸어오기에 싸우다가 그를 죽

였는데 아침에 가보니 빗자루, 도리깨, 방아공이 같은 나무 등에 칼이 꽂혀 있었다는 내용이다. 여기에는 도깨비를 악마적인 존재로 보는 의식이 들어 있다. ④의 유형에서 도깨비는 신성 또는 악마적 존재라는 초월적인 성격에서 벗어나 도덕적 인과론에 의한 원조자, 징계자, 진실과 모방의 변별자(辨別者)로 고정된다. 도깨비의 고유한 성격은 퇴색해가고 이야기 자체의 즐거움이 더 중요하게 여겨진다.

도깨비를 둘러싸고 인류문화는 문명과 진화를 거듭한다. 그러한 동참접속 속에 도깨비참조물이 가치를 가지나보다. 지혜소산물이자 창조결정체다. 길흉화복이나 숭배토템으로 의거하는 이유래도 가상메모리를 보충한 데 불과하다. 도깨비라는 방패물로 코흘리개나 얼리기 족하다. 어른의 경우엔 유치하다겠다. 의식사유가 발달하고 트였다는 표징이 시비를 분별할 줄 아는 시각과 능력이다. 그런데 현대엔 낮도깨비나 밤도깨비한테 곧잘 당하는 폐단이 비일비재다. 법륜공, 주술법, 손금보기, 도액(度厄), 점쟁이, 역술가(曆術家), 사주팔자, 관상학, 해몽법, 무당굿 등 일련의 위조 속에 도깨비옛말을 다시 재인하노라니 세습과 관념갱신의 대치를 알게 된다.

분명 반신반의하면서도 요행이나 호기심으로 모험도박을 거는 건 우유부단이나 미적지근한 판단력에 기인된 거다. 땅거미 내린 십자가에서 남녀가 길모퉁이에 종이로 불을 지피고 있는 걸 보았다. 한창 퇴근하는 길목인지라 행인들도 나도 수상쩍게 지켜보았다. 그들은 웬 용건에서 지전을 소각하는지 알 수 없지만 아리송한 지배에 예속되었음은 당연하다겠다. 하여 흘기기도 의아하기도 한 눈길들이 가로등불 속에 오갔다. 모닥불이나 화롯불이 아닌 도심 속의 종이불은 도깨비군림을 비는 것인지, 아니면 소망기도인지 알 수 없다. 독각대왕(獨脚大王)은 민속에서 귀신의 하나이기도 하고 또 도깨비를 뜻하기도 한다. 그 외 파생의미를 더 알아본다면 바로 말썽이 많고 괴팍한 사람을 비유적으로 이르는 말이다.

지금은 또 어디에서 도깨비옛말을 재연하는 주인공들이 계시는지요? 출국연수, 섭외혼인, 대학입시, 승급출세, 성별선택, 주택구매, 무역매매, 입주날짜, 관광출발 등 일정들이 곽독(郭禿)을 재연할거다. 세계 7대 불가사의로는 기자의 피라미드, 로도스의 거상, 바빌론의 공중정원, 아르테미스 신전, 제우스 상, 파로스 섬의 등대, 할리카르나소스의 마우솔레움 등이다. 알고도 모를 일은 해괴망측하다. 인간주체성을 배제하고 영험과 행운을 권능으로 바라는 시각에 어긋난다.

# 태권도

태권도란 일종 신체운동으로서 어린이의 성장발육, 청장년과 노인의 체력증진, 여성의 건강과 미용증진에 큰 효과를 준다. 태권도의 기술체계와 운동 형태는 신체의 각 분절을 좌우 균형 있게 구사하도록 짜여 있어 인체관절의 유연성이 고르게 발달하도록 한다. 그리고 문명발달에 따라 가중되는 정신적 장해, 스트레스 해소에도 적중한 도움을 준다.

:: 맨몸투기로서

맨손과 맨발로 상대방을 타격하는 기술체계를 갖는다. 특히 다른 무술과 뚜렷이 차이를 갖는 것은 위력적이고 다양한 발기술이다. 발 기술이야말로 태권도가 세계 최강의 투기고 존재하는 이유이다. 태권도는 어떤 무기의 사용도 없이 인체를 사용하지만 일편필승의 가공할 공격력을 갖고 있다. 그러나 태권도는 방어를 우선하는 기술습득원리를 강조한다. 이는 평화와 공정성을 존중하는 태권도의 정신적 기반에서 비롯한다. 이를 통해 태권도는 배우는 이가 수련의 목적을 결코 남을 공격해서 제압하려는 것이 아니라 자기 극복의 고결한 태도에 두도록 만든다.

:: 스포츠로서

아시안게임, 올아프리칸게임, 남아메리카게임 등의 대륙별 종합경기 대회는 물론 올림픽 경기장의 관중들이 환호하는 새로운 가치를 지니게 되었다. 아시안게임이나 올림픽의 개회식에서처럼 1,000명이 넘는 많은 수련자가 아름답고 정확하고 강력한 힘이 표출되는 태권도 매스게임을 보이는 장면은 어떤 스포츠 종목에서도 발견하기 어려울 것이다. 또한 맨몸투기로서 인명에 미칠 피해를 없애고 합리적이고 공정한 경쟁을 하도록 과학적인 경기규칙과 보호용구를 개발한 것은 태권도가 각광받는 국제스포츠로 발전한 원동력이다. 이제 태권도는 고도산업문명사회의 길을 가지고 있는 인류에게 적합한 현대스포츠로서 유희성, 안전성, 규칙성, 경제성을 골고루 갖추게 된 것이다.

:: 교육적 수단으로서

태권도가 표방하는 수련의 목적은 수련자를 사람다운 사람, 즉 인간의 신체적 조건과 아울러 정신적 기틀을 보다 개선하겠다는 지향점을 갖는다는 것으로 설명된다. 태권도의 교육적 역할은 자아완성에로의 의지를 실천하도록 안내한다는 점으로 귀결된다. 이를 위해서 태권도 수련자는 평화지향적인 기술체득원리를 이해하며 빈번하고 반복적인 예절교육을 통해 자칫 빠지기 쉬운 자기중심적 삶을 뛰어넘어 인간생활에로의 광범위한 적응력을 높이는 것이다. 이런 인간생활에서의 덕목들이 교육으로서 태권도가 추구하는 바이며 바로 이 점이 태권도의 무도적 가치관이다.

우리 민족의 풍격은 제한되었으면서도 또 각이하다. 태권도가 그중의 한 가지 브랜드이다.

태권도의 유래는 비교적 전통적이면서도 문화적인 함량이 다분하다.

태권도의 역사 역시 파란만장의 곡절을 경과해 온 것으로 알려졌다. 하여 오늘도 전통문화에 대한 집착 내지 고수 보급은 동질성으로 이어지나 보다.

한반도와 중국대륙의 동쪽 만주주변 한민족의 부족국가에서는 영고, 무천, 동맹 등으로 불리운 제례에서 하늘을 숭상하는 가무, 유희오락을 통해 부족 단합과 많은 수확을 기원했다. 이런 큰 잔치 중의 가무, 유희는 자연스럽게 경쟁의식을 갖게 되어 고대 그리스인들의 신전제례행사인 올림피아 제전처럼 경기적 성격을 갖게 되었다. 부족의 방어와 세력확대를 위해서는 전투능력향상을 도모해야 했으며 자연스럽게 숭천제례의 신체활동은 투기를 중심으로 경기화되고 발달하게 되었다.

태권도는 이런 가운데 한민족 고유의 투기형태로 생성되었다.

::고대

택견, 수박으로 불리던 태권도는 무예수련의 기초로 널리 행해졌으며 고구려는 '선배', 신라는 '화랑'이라는 청소년 집단교육제도를 산천을 주유하며 무예수련을 하도록 했다. 고대 태권도에 관한 사료, 고분벽화, 불상, 서적의 기록 등이 남아있다. 고분벽화 중의 하나로 AD 209~AD 427년 당시의 고구려의 수도였던 환도성 근처인 현재 만주 통화성 집안현 통구에 있는 무용총 현실 벽화가 있다.

이 벽화는 두 사람이 일정한 간격을 두고 마주보며 손, 발로 상대를 공격할 듯한 자세를 보여 오늘날의 태권도 경기동작과 유사함을 보이고 있다. 또 신라 문화예술의 정화로 일컫는 석굴암의 금강력사상이나 분황사 9층석탑의 인왕

상 등의 몸 사위는 태권도의 품을 보이고 있다. 특히 국가의 멸망으로 사료가 단절된 백제의 경우 일본서기에 백제의 대좌평 지적을 일본 조정에서 초청해 일본 건아들과 상박을 했다는 기록이 남아 있어 당시 선진문화권인 백제인들이 일본인에게 맨손무예를 지도했다는 것을 알 수 있다.

:: 중세 1

고려에 와서는 삼국시대에 행해지던 택견(태권도)이 체계화된 무예로서 무인들 사이에서 활발히 행해졌다. 고려사에 보면 태권도가 수박희로 기록되어 있다. 고려사 권 128, 열전 41, 이의민에 보면 "이의민은 수박희를 매우 잘하므로 의종 임금은 이를 사랑하여 대정에서 별장으로 승진시켰다"는 구절이 있다.

또 "임금이 상춘정에 납시어 수박희를 보셨다", "임금이 화비궁에서 수박희를 보셨다", "말바위에 납시어 수박희를 보셨다"는 고려사 권 36 충혜왕의 기록도 있다.

고려 때에 있어 수박희(태권도)는 무예로서뿐만 아니라 스포츠로서 제 삼자가 관람할 수 있을 정도로 체계가 서 있던 것으로 생각할 수 있다.

:: 중세 2

조선에 와서도 고려 때와 비슷하게 무인들 사이에 수박
희(태권도)가 계속 성행했다. 더욱이 대중화경기로 되면서
백성들 사이에서도 경기를 행하게 되었다. 전라도와 충청도
경계를 이루는 작지 마을에서 양도 사람들이 모여 수박희
로서 승부를 다투었다는 기록에서 수박희는 무예로서만이
아니라 스포츠로서도 성행한 것을 알 수 있다.

또 태종실록 권 19에 보면 "병조의 의흥부에서 수박희로
서 인재를 시험하여 방패군에 보하되 3인을 이긴 자로 썼
다."는 기록이 있으며 "임금이 잔치를 베풀고 군사로 하여
금 수박희를 행하도록 하고 구경했다"(태종실록 권32)는 기
록도 있는 것이다.

뿐만 아니라 수박희는 실전에서도 사용되었다.

기제잡기 권 7의 임진일록에 보면 "금산에서 적군(왜병)
이 몰려오니 우리의 의병들은 무기가 떨어져 할 수 없이
맨손으로 수박희 싸움으로 적과 대결하다가 의병장 조헌도
죽고 영규도 싸움터에서 죽었다"는 기록이 있다.

조선시대 태권도 사료 중 하나로서는 정조 때 간행된 종
합무예기술서인 무예도보통지의 권법편이 오늘에까지 전래
되고 있다.

이 책은 수많은 국내외 병법서와 무기 사용술 및 권법서

를 참고해서 도해식 설명을 첨가했다

::현대

국운 쇠퇴와 더불어 무인들의 몰락은 군대의 해체 등으로 가속화되었고 일제는 강압적인 무력침략을 통해 한국을 식민지로 만들었다. 일제의 한민족 탄압이 강화되기 시작하고 항쟁의 수단으로 사용될 수 있는 백성들의 무예수련은 금지되었다. 그러나 독립군, 광복군 등 항일조직의 심신 훈련방법으로써나 개인적인 무예 전승 의욕에 따라 태권도(태견)의 명맥은 미미하지만 민족의 숨결 속에 이어지고 있었다. 오늘날 인류의 스포츠제전인 올림픽 무대에서까지 각광받고 있는 태권도 경기이다.

태권도와 무예정신은 가히 공경을 받을 만한 압권이다.

1. 태권도인의 예의

예의는 예절과 몸 가리는 태도를 말한다. 이는 마땅히 사람이 지켜야 할 도리이며 마음속에서 우러나는 행동으로 표현되는 높고 값진 인격의 기본이다. 광의로 말하자면 사물로 다루어 이룩하는 법식과 인간 생활에 있어서의 대인적 언어 동작의 법식을 지칭하는 것이다.

태권도를 연마하는 사람이면 무엇보다도 먼저 예의를 잘

갖추어야 한다. 무예정신의 참된 미덕이라 함은 참고 견디는 인내와 싸움을 미연에 방지하여 의를 권장하고 악을 멸시함에 있어 나아가 정의 사회를 구현하는 데 있는 것이다. 사회생활에 미숙한 청소년이 모이는 곳에서의 의례히 상스러운 언어와 경망스러운 행동을 취해 스스로 자신의 위신을 손상시키는 경우가 허다하다. 따라서 청소년을 선도하는 데 있어서 무엇보다도 무예정신의 교육이 선행되어야 하며 이는 사람으로서 지켜야 할 가장 기본적인 마음가짐을 갖도록 하는 것이다. 태권도를 지도하는 도장은 여러 사람이 모여 심신을 수련하는 장소로서 확고한 윤리관에 예의를 지켜 먼저 정신적인 토대를 구축하여야 한다.

예의로서 시작하여 예의로 끝나는 것이 태권도이다. 태권도인은 자기의 자존심을 죽이고 참고 견디며 언행을 삼가 조심하고 절제할 수 있어야 한다. 그렇지 않고 자신의 사리사욕에 의해 태권도를 연마한다면 이는 반사회적 반국가적인 여건을 조성하기 쉽고 스스로의 인격을 타락시켜 마침내 헤어나기 힘들게 될 것이다. 따라서 우리는 이 예의 규범을 잘 지켜 고상하고 상냥한 언행과 몸가짐으로 절도 있는 사회생활을 할 때 비로소 사회의 정의를 구현하는 의인으로서 생활을 다해 나갈 수 있을 것이다.

2. 태권도의 교육이념

태권도는 우리 민족의 숭고한 정신과 혼이 담겨 있는 무예로 평화를 사랑하는 백의민족의 역사 속에 많은 고난을 겪으면서 발전해 왔다. 또한 홍익인간의 이념을 바탕으로 자유와 정의를 수호하고 인격완성의 발판으로써 그 맥을 이어온 것이다.

태권도는 남성적 운동으로써 투쟁에서 승리하는 것을 배우게 한다. 일생을 통하여 가장 힘든 싸움은 자신과의 싸움이며 이 싸움에서의 승리는 최고도의 인내와 절제 그리고 극기를 필요로 한다.

자신과의 싸움에서 이길 수 있는 사람은 모든 투쟁에 두려움 없이 도전할 수 있으며 승리자가 될 수 있는 것이다.

3. 무예인의 정신자세

(1) 하늘을 두려워하고 성인의 말씀을 두려워할 줄 알아야 한다.

(2) 항상 자신의 위치와 분수를 생각하고 반성할 줄 알아야 한다.

(3) 상호 간의 신의를 지키고 맡은 바 책임과 의무를 행할 줄 알아야 한다.

(4) 자신이 할 수 있는 일을 타인에게 미루지 않고 궁색

한 표정으로 남에게 동정을 받지 않는다.

(5) 서로 돕고 봉사하는 가운데 성실성을 키워나간다.

(6) 도덕을 준수하고 솔직한 생활을 한다.

(7) 남에게 의지하지 않고 자신의 힘으로 헤쳐 나가는 자립심을 기른다.

(8) 남들의 사치를 부러워하지 않고 형편에 맞는 생활을 하도록 노력하는 자세가 필요하다.

(9) 남을 존경할 줄 아는 겸손한 인간미가 필요하다.

(10) 친구, 부모, 조국, 정의를 위해 희생정신을 발휘할 줄 알아야 한다.

(11) 선은 선으로 대하고 악은 정의로 감싸주는 아량이 필요하다.

(12) 말을 하는 시간보다는 듣는 시간을 많이 한다.

(13) 지혜 있는 사람은 궁함이 없고 어진 사람은 근심하지 않으며 용기 있는 사람은 두려워하지 않는다.

(14) 인내심을 기른다.

1. 기본동작

몸통전체의 발달을 효과적으로 숙달시켜 효율적으로 효과를 최대한 발휘하는 동작이다.

2. 품새

품새는 기본동작, 발차기, 지르기, 시선, 방향, 속도, 동작 모든 행동이 가미되어 동작이 하나하나 삼위일체가 되여야 한다.

3. 겨루기

겨루기는 기본동작, 품새가 혼합한 기술로써 특히 상대 방의 기술을 먼저 제압하고 신속, 정확하게 공격하는 방법 이다.

4. 격파

태권도의 수련을 통하여 정신과 육체를 완성하고 참고 견디는 인내를 길러 사사로운 감정을 버리고 정신을 통일 하여 힘과 스피드, 정확성을 가미해야 무서운 파괴력이 생 긴다.

- 기와격파 – 뉴턴의 방정식
- 주먹격파 – F(힘) = m(질량) X a(가속도)
- 손날격파 – M(운동량) = m(무게) X v (속도)
- 이마격파
- 송판격파
- 주먹격파

- 편손끝격파
- 벽돌격파
- 촛불끄기
- 머리우의 물체차기
- 입에 물고 있는 물체 차기
- 모자차기 등

∷ 태권도를 권하고 싶은 어린이

1. 내성적이고 참을성이 없는 어린이
2. 책임감이 없고 약속을 어기는 어린이
3. 모든 일에 집중력이 없고 산만한 어린이
4. 체력이 약하고 발육이 느린 어린이
5. 학교 체육이나 단체 생활에서 적응하지 못하는 어린이
6. 모든 일에 자신감이 없는 어린이

정호원 ──────────

▌약력

원 명 - 정룡범
아 호 - 매상, 효두
펜네임 - 정미소, 해림
일 명 - 하오동, 안정
1959년 7월 23일 중국 연길현 하오동에서 경주 정씨 장자로 출생
연변대학 조선언어문학전업수료
농민, 소학교 교원, 중학교 교원, 방송국 기자, 문화국 창작원, 신문사 특약기
자 등 직종에 근무
중단편소설, 산문, 시, 수필, 실화, 가사, 평론, 희곡, 잡문, 동화, 민담 등 작
품 1,000여 편(수) 발표
한얼패상, 연변일보문화상, 향토수필상, 화신문화상, 정음상, 라지오문학상,
송원컵대상, 국제언론1등상, 해외동포문학평론우수상, 한국농촌문학상,
2008한국KBS서울프라이즈우수상 등 53차 문학상 수상

▌저서

《어휘묘사실용수첩》(공저) 1994년 연변인민출판사
《호랑이를 이긴 산토끼》 1998년 료녕민족출판사
《함경도사람》 2005년 한국학술정보(주)
《구제비둥지》 2005년 한국학술정보(주)
《달나라게집》 2006년 한국학술정보(주)
《응달골무꽃》 2006년 한국학술정보(주)
《진달래혼취》 2006년 한국학술정보(주)
《아리랑고개(반도 인물전)》 2009년 한국학술정보(주)
《오작교 유래(반도 설화집)》 2009년 한국학술정보(주)
《고수레전설(반도 민속편)》 2009년 한국학술정보(주)
《주무랑마봉(중국 전설집)》 2009년 한국학술정보(주)
《해란강여울(간도 가이드)》 2009년 한국학술정보(주)
《일본기모노(세상 나들이)》 2009년 한국학술정보(주)
《오봉산희비(연변 기행문)》 2009년 한국학술정보(주)

중국연변인민방송국 문학부 부장
연변작가협회산문창작위원회 위원장
중국소수민족작가협회회원,
한국해외문화교류회 중국측리사
E-mail:za723@hanmail.net

문화시리즈❷ 반도 설화집

오작교 유래

초판인쇄 | 2009년 3월 20일
초판발행 | 2009년 3월 20일

지은이 | 정호원
펴낸이 | 채종준
펴낸곳 | 한국학술정보㈜
주 소 | 경기도 파주시 교하읍 문발리 513-5 파주출판문화정보산업단지
전 화 | 031) 908-3181(대표)
팩 스 | 031) 908-3189
홈페이지 | http://www.kstudy.com
E-mail | 출판사업부 publish@kstudy.com

등 록 |
가 격 | 27,000원

ISBN 978-89-534-1111-1 94810 (Paper Book)
      978-89-534-1112-8 98810 (e-Book)
      978-89-534-1076-3 94810 (Paper Book Set)
      978-89-534-1094-7 98810 (e-Book Set)